HET AUGUSTINATT

REGENCY-ESKAPADER
NOVELL FYRA

EBONY OATEN

Ebony's Formatting Collective

PO Box 2160

Rangeview

Victoria 3132 Australia

KAPITEL I

LONDON, 1818

En natt på den illa beryktade Soho Club, och Matilda Cleghorns rykte skulle fläckas snabbare än billig silverplåt i en hink med salt.

Ett enda besök borde räcka. Sedan skulle hon smyga tillbaka till familjens stadsresidens på småtimmarna. Någon piga eller betjänt skulle utan tvekan se henne smyga hem (särskilt om hon behövde deras hjälp för att bli insläppt) och hennes öde skulle vara beseglat.

Hon skulle slippa gifta sig med en främling på sina föräldrars befallning. En adelsman, förstås, för att höja släktens anseende. En adelsman i behov av kosing, som skulle bli så förblindad av hennes hemgift att han villigt skulle gå med på det.

Nå, Matilda hade ett och annat att invända mot *det*, och med lite tur skulle Soho Club föra hennes talan.

Hon fläktade med solfjädern under hakan i ett försök att torka sin svettiga hud. Nerver, förstås. Det var en varm kväll. Hon hade tagit det skandalösa steget att fukta sin särk. Det hjälpte till att hålla henne sval en sådan kväll, men det hade också den bieffekten att det avslöjade hennes silhuett.

Allt hon behövde göra nu var att stiga ur vagnen. I samma ögonblick som hon klev ut skulle någon säkert se henne. Skvallerfröna skulle snart landa i societetens bördiga fantasi.

Hennes mor skulle tyvärr bli lidande. Tanken fick henne att rygga tillbaka, men vad som måste göras måste göras. Dessutom gjorde hon inte bara detta för sin egen framtida säkerhet och sinnesfrid, utan även för sina yngre syskon.

Om hon gjorde "ett gott parti" skulle de troligtvis tvingas samma väg. Men om Matilda verkligen ruinerade inte bara sig själv utan hela familjen, skulle hennes syskon besparas äktenskapets sanna fasor.

Hon gjorde dem alla en tjänst.

Begäret att fly tog överhanden när vagnen stannade. Det var en bekväm sexsitsig vagn, som familjen Cleghorn tog till kyrkan varje söndag. Hennes far hade låtit måla Cleghorns vapensköld på dörrarna. Rätt betalningar till rätt sorts folk säkerställde att det fanns något de kunde göra anspråk på i släktträdet, oavsett hur klen grenen var.

Matilda tog ett lugnande andetag, sedan ett till, och klev ut ur vagnen i kvällsmörkret.

Familjens vapensköld på dörren fångade hennes blick

när kusken stängde den bakom henne. "Insperata Floruit". Blomstrar oväntat.

Så väldigt passande.

Med ett fast leende på läpparna tackade Matty kusken. "Framför min ursäkt till far, jag kommer inte att ansluta mig till familjen för supén."

Sådärja, det borde räcka.

Kusken nickade och sträckte fram handen för att få ett mynt. Ja, just det. Han riskerade att förlora sin anställning för att ha kört henne hit ikväll. Hon borde kompensera honom. Ett större mynt än vanligt, och några till, borde hjälpa honom att stå emot hennes fars stormiga reaktion.

Han rörde vid brättet på sin hatt och klättrade upp på kuskbocken igen. "Jag finns runt hörnet, om ni skulle behöva mig."

Matilda nickade mot honom och hoppades att hennes mod skulle hålla i sig och att det inte skulle behövas.

Hon vände sig mot ingången till Soho Club och kastade en snabb blick upp och ner längs gatan.

Den var fullständigt tom.

Men herregud! Vad måste en ung kvinna göra för att förstöra sitt rykte om det inte finns någon i närheten som ser det?

Oavsett vilket var hon här nu, och hon skulle fortsätta. Dörrvakten släppte in henne och hon visade sitt besökskort för den unga kvinnan som satt i receptionen.

Detta besökskort hade hon fått av sin vän Fergal Sheridan. Märkligt nog hade vänskapen med den irländske skådespelaren inte skadat hennes status som "societetens diamant". Detta bevisade bara för Matty att det inte räckte att besöka teatern och skaffa vänner i de kretsarna för att skada hennes anseende.

Vilket var anledningen till att hon var tvungen att göra något riktigt skandalöst för att lösa denna gordiska knut som snärjde henne.

Matilda saktade ner stegen för att se till att alla i klubben skulle se och känna igen henne och gled mot balsalen.

Vacker musik svävade genom luften. I närheten spelade en stråkkvartett.

Nakna!

På väg till dansgolvet hörde hon ett jubelrop från ett spelrum.

"Jag måste säga, Davies, ni har då allt roligt ikväll", sa en man.

Där, i ett sidorum med dörrarna vidöppna så att vem som helst kunde se dem, satt män och spelade kort. Och kvinnor satt med dem och spelade precis som männen!

Det var det mest skandalösa hon hade sett i hela sitt liv.

Hon var helt enkelt tvungen att ansluta sig till dem.

KAPITEL 2

M atildas fötter styrde henne mot det blandade bordet, och en anställd dök upp från ingenstans och trollade fram en stol så att hon kunde ansluta till dem.

Precis bredvid mannen som verkade vinna allt.

Mörkt, lockigt hår prydde hans tinningar. Fast panna, stark käklinje och vackert skurna läppar. Hon kunde inte ha valt en bättre väg mot fördärvet.

Ioan Davies kunde inte tro sin otroliga tur. Förbannat vare alltihop, han skulle ju ha en sista hejdundrande kväll innan hans liv förvandlades till aska.

Han var här för att spendera sina allra sista slantar på att dricka och spela sig till glömska, och sedan ta itu med helvetet senare. Om det fanns ett senare. Han borde vara så djupt nere i glaset att han kanske inte skulle vakna i morgon ... och ändå var hans sinne fortfarande klart! Visserligen hade han bara druckit öl hittills. Ginen skulle komma senare.

Ödet måste skratta åt honom. Han hade vunnit så mycket ikväll, när han borde ha varit nere på sina sista slantar.

Han samlade ihop sina marker efter ännu en vinst och vände sig om för att se en ny person slå sig ner vid deras bord. En sann Afrodite. För ett ögonblick var han mållös och kunde bara gapa när hennes gestalt sjönk ner i stolen. Hennes ytterkjolar var så skira att han kunde se hennes mjuka kurvor under dem. En våg av blod for rakt ner i hans nedre regioner.

Hennes bleka hår, uppsatt i en kaskad av vackra lockar på huvudet, sken som spunnet guld. Hon bar inga smycken. De skulle bara ha förringat hennes felfria skönhet. Han såg inte färgen på hennes ögon först, men det spelade ingen roll; de måste helt enkelt vara vackra och förtrollande, för det var resten av henne.

Mjuk hy med en rosig rodnad på hals och kinder. Små, rundade axlar som han genast måste få slicka på. Han kunde redan känna smaken av hennes salta läckerhet.

"Spelar vi Farao?", frågade hon.

Hon fläktade sig och sände söta vindpustar mot honom.

Alla andra i rummet blev osynliga när han andades in doften av citroner och kvinnlig mysk.

"Javisst", bekräftade Ioan. "Vill ni ansluta er nu eller vänta på ett nytt spel?"

"Jag är med", sade hon.

Han skulle fullständigt kunna förlora förståndet för denna kvinna. Om han förlorade sina pengar också skulle det vara ännu bättre. Bara en enda gång ville han förstå lockelsen i att kasta bort allt för ett infall, som hans far hade gjort, gång på gång.

Oavsett om han vann eller förlorade ikväll, sträckte sig en livstid av återuppbyggnad och hårt arbete ut framför honom.

Det var därför han, bara för ikväll, ville njuta fullt ut.

Matty tittade på de uppvända korten och suckade. Hennes små insatser var ingen match för dessa erfarna spelare, och hon hade begått ett misstag med en ogiltig satsning som bankiren hade lagt märke till, vilket resulterade i att hon förlorade sina marker.

Det spelade dock ingen roll att hon förlorade. Det som spelade roll var att bli sedd spelandes med män och kvinnor. På en klubb! Så hänförande skandalöst!

Glädje fyllde hennes system; att förstöra sitt rykte borde inte vara så här roligt. Om hon hade vetat det skulle hon ha gjort detta för flera veckor sedan, när hennes familj först hade gått med på äktenskapet mellan henne och sonen till någon avlägsen, utblottad markis.

Den stilige mannen vid hennes sida vann igen. "Davies" kallade de honom. Han fortsatte att titta åt hennes håll, vilket fyllde henne med hopp. Senare skulle han eskortera henne till hennes vagn och de skulle bli sedda hållandes hand eller ... något. Kanske skulle han vidröra hennes ohandskade hud vid något tillfälle.

Någon skulle se dem och skvallra.

De måste helt enkelt!

Musiken började åter spela från den närliggande balsalen. Vilken perfekt kväll detta skulle bli.

Hon förlorade ännu en giv. Han vann.

Hon vände sig till honom. "Dansar ni, mr Davies?"

Vad skulle han säga henne? Han ville inte rätta henne för något så lättsinnigt som en sons hövlighetstitel. Han hade inte gjort något för att förtjäna den, förutom att ha de rätta föräldrarna.

Inget barn hade någon kontroll över det.

Om hon bara inte fortsatte att fläkta sig och sända dessa retsamma vindpustar mot hans sinnen. Han må vara en lord, med allt vad det innebar, men han var inget helgon. Å andra sidan befann han sig på Soho Club; helgon var sällsynta på en sådan inrättning.

Varför var *hon* här?

Han vann den sista handen i kortleken och kunde knappt tro sin tur.

Musikerna i balsalen började spela en vals. Han räckte fram handen till den hänförande kvinnan bredvid honom. "Ska vi ta en svängom på golvet?"

Hans hjärta svävade när hon accepterade hans

inbjudan och lade sin hand i hans. Hans hjärta nästan brast när hon gav honom ett förödande leende.

Vad var det för fel på honom ikväll? Han betedde sig som en brunstande unghingst snarare än en erfaren ... ja, inte precis en *vivör*. Snarare åt vivör-hållet.

Vid kortbordet hade hon förlorat alla sina marker, som om de inte betydde någonting.

"Ni har inte lyckats så väl i farao ikväll, ändå verkar ni nöjd?", försökte han. "Jag har aldrig träffat en gladare förlorare."

Hon vände blicken upp mot honom och hans hjärta gjorde ett märkligt språng, som påminde honom om att ta hindren på sin prisbelönta hingst.

"Jag förlorade storstilat, eller hur?" Ännu ett av dessa berusande leenden. "Jag måste anmärka, jag har aldrig träffat en mer nedslagen vinnare. Ni verkade välja era insatser så slumpmässigt, som om ni ville skiljas från varenda slant."

De gick närmare balsalen.

"Det var precis min plan", erkände han.

Något med denna kvinna fick honom att tala sanning. Hon var mer förförisk än ginen han hade planerat – och misslyckats – att konsumera denna afton. Istället för att drunkna i glaset fann han sig flytande i hennes närvaro.

Mer sanning vällde fram. "Det är ingen liten sak. Jag hade planerat att spendera de allra sista av familjens slantar på en sista rolig kväll. Ödet, verkar det som, har andra planer för mig."

Hennes ansikte föll. "Skulle ni hellre inte dansa?"

"Herregud, var är mitt folkvett?" Han erbjöd sin arm och ledde henne mot de andra dansande.

När hennes leende återvände medan de rörde sig tillsammans var det ett elixir för hans själ. "Jag må ha mer slantar nu än när jag började kvällen, men det är fortfarande inte tillräckligt för att återställa familjens förmögenhet. Det kanske kan hålla oss flytande under det kommande året, men efter det kommer jag att vara i samma situation som förut. Jag sökte bara en rolig kväll innan det hårda arbetet verkligen börjar."

Hon nickade och sade: "Fortsätt."

Han småskrattade. "Ja, det hårda arbetet. Jag ska släpas till altaret för att gifta mig till pengar, med en arvtagerska jag ännu inte har träffat."

Matty tappade fotfästet för ett ögonblick, men fann snabbt takten igen. Hon var tvungen att verka fullständigt förälskad i denna totala främling, för att se till att hennes ruin blev fullständig. Inte för att det skulle vara svårt att spela förälskad i denne stilige man som förde henne över dansgolvet som om de vore det enda paret där.

Han skulle tvingas in i ett äktenskap? Vad var oddsen för att hon skulle träffa någon som stod inför samma öde som hon själv?

När hon såg sig omkring i balsalen blev en sak uppenbar. Det fanns inga tapetblommor eller förkläden som satt i hörnen, inga ogifta mostrar eller släktingar som vakade över sina unga skyddslingar.

Den nakna kvartetten kunde verkligen spela!

Hur skulle någon få veta att hon ens var här, för att inte tala om att hon spelade i blandat sällskap?

Ingen i personalen verkade skvallra heller. Kanske var de utomhus och utbytte kvickheter och saftiga historier?

Så fullständigt skandalöst!

Men också, så hopplöst för henne att vara i ett sådant skandalöst sällskap och inte ha någon som delade samma skvaller med societeten.

"Mr Davies, skulle ni ha något emot om jag bad er om ett råd?"

Han blinkade förvånat och nickade. "Inte alls."

Lättnad gjorde hennes själ lättare. "Hur förstör man sitt rykte om det inte finns några skvallerkärringar i publiken som kan bevittna en sådan skandal?"

Han blinkade förvirrat och sade sedan: "Det är det fina med Soho Club." Han svängde runt henne när musiken tog slut och bugade sedan artigt. "Det finns inga skvallerkärringar. Personalen här är känd för sin diskretion, liksom ledningen. Folk kan vara sig själva här, miss ... äh, herregud, vi har inte blivit presenterade."

Det fanns ingen som kunde sköta presentationen heller.

Hennes tankar fastnade på klubbens diskreta natur. "Öhm, miss Clay...borne." Varför hade hennes mod svikit henne just nu? Om folk var diskreta här, vad spelade det för roll om mr Davies kände till hennes riktiga namn?

Han bugade artigt över hennes hand. "Det gör inget alls, vi använder ofta pseudonymer här i alla fall. Ingen behöver känna till våra sanna identiteter, om vi inte väljer att avslöja dem."

"Jag ljög nyss", brast det ur henne. "Jag heter Matilda Cleghorn. Det är mitt riktiga namn. Det är en fullkomlig skandal att jag är här, eller hur?"

Hans ansikte bleknade.

Det vände sig i magen på henne. Var det så här det kändes att vara vanärad?

"Cleghorn?", klargjorde han.

"Ja, från Cleghorn Cheapside Steel. Det skulle vara mycket fördelaktigt för min situation om det blev känt att jag var här utan förkläde, spelade och dansade, och därför är skandaliserad. Då kommer jag inte att tvingas gifta mig."

Färgen återvände långsamt till hans ansikte. Sedan kastade han huvudet bakåt och skrattade. Ett djupt, lent, berusande skratt, även om det verkade vara på hennes bekostnad.

Davies skakade på huvudet. "Ödet leker med oss, miss Matilda Cleghorn." Han sträckte fram handen för att presentera sig. "Lord Ioan Davies, son till den djupt skuldsatte hertigen av Wye och Rhondda. Det är mig ett nöje att göra er bekantskap, före vår förlovning."

KAPITEL 3

M atilda hade kunnat svimma. Hon skulle faktiskt ha svimmat, om inte ett plötsligt skratt hade bubblat upp ur henne så att hon föll mot Ioans kropp istället för ner på golvet.

"Herre min skapare!", flämtade hon. "Är ni lord Davies? Av Wye och Rhondda? Det här är ju för mycket!"

"Visst är det", sa han och stämde in i hennes skratt. "Är det ni som är arvtagerskan som ska återställa vår familjs förmögenhet? Min godhet, vad var jag orolig för? Ni kommer att klara det galant."

Det fick henne att tvärstanna. "Det kommer jag absolut inte att göra. Jag är rasande på båda våra familjer för att de har gjort ett så fruktansvärt orättvist arrangemang. Det finns inget i detta för mig; jag ska skickas från en familj till nästa som en låda tulpanlökar."

"Men när min far dör blir jag hertig, och ni blir hertiginna. Det är ett utmärkt parti med tanke på att ni kommer från handeln."

Hade han gett henne en örfil hade det inte svidit lika mycket.

"Hur vågar ni förringa min underbara familj, som gör mer för samhället än vad ni och er titulerade krets någonsin har gjort. Min far har byggt upp ett företag; han anställer hundratals människor, som i sin tur försörjer sina familjer och hela samhällen. Vi har personalutflykter, middagsbjudningar med dans, och förra månaden inledde min far förhandlingar med arbetarna för att upprätta en sjukförsäkringsfond. Vad har ni någonsin gjort för folket i Wye och Rhondda?"

"Hur vå–" började Ioan, men hejdade sig.

Stolthet svällde i Matildas bröst medan motstridiga uttryck for över hans ansikte.

"Ni har rätt. Vad bryr jag mig om min familjs skamfilade rykte? Faktum är att jag ... ursäkta mitt språk, men jag bryr mig inte ett ruttet fikon!"

Ett skratt brast ut från dem båda när lord Davies fortsatte. "Min far må vara hertig, men han har spelat bort allt och inte gjort någonting för de människor han borde ha tagit hand om. Han har förstört allt som kunde ha blivit ett arv. Han föraktar handeln, möjligen av avundsjuka. Vi har båda all rätt att vara rasande på våra förfäder för att de har försatt oss i en så löjlig situation."

"Håller med."

"Faktum är att vi borde straffa dem för att de leker

med våra liv som om våra behov och önskningar inte har någon betydelse."

"Verkligen!" När hade de lutat sig så nära varandra? Hans läppar var så nära att det knappt skulle krävas någon ansträngning för att överbrygga avståndet.

Det skulle sannerligen bli en skandal. Så synd att det inte fanns några skvallrare här som kunde se det och berätta vad de hade sett.

Vad tänkte hon på?

Matty hade kommit hit ikväll i det uttryckliga syftet att förstöra sina chanser hos mannen som hennes familj ämnade gifta bort henne med. Hon hade då rakt aldrig planerat att träffa honom, och inte heller att hålla med honom, och sannerligen aldrig att uppmuntra honom på något som helst vis!

Hennes tankar snurrade av halvställda och obesvarade frågor medan hon kämpade för att minnas varför hon stannade kvar här och blottade sin själ för denna främling som hon snart skulle tillbringa resten av sitt liv med.

Vilken dåre hon hade varit. Av alla klubbar i London, varför hade hon valt den med störst diskretion och minst antal förkläden?

Det var då hon insåg det. Soho Club var den enda klubben i London hon över huvud taget haft någon chans att komma in på.

Hennes närvaro här ikväll berodde bara på att hennes käre vän Fergal Sheridan hade gett henne ett inträdeskort för kvällen.

Något nöp i hennes samvete. Detta verkade trots allt inte vara något slumpmässigt möte.

Hon utmanade Davies. "Jag antar att ni inte är en regelbunden teaterbesökare, av en händelse?"

Det fick honom att hejda sig och det var Ioans tur att se förvirrad ut. "Öh ... jo, det är jag väl."

Pusselbitarna föll på plats i Matildas huvud. "Är ni månne en ivrig beundrare av Den otrolige Fergal Sheridan?"

"Herregud, har ni också sett honom på scen? Det var fullsatt när jag var där senast. Han fick någon att försvinna, mitt framför ögonen på oss! Ett otroligt trick!"

"Lord Davies, jag tror inte att det är ödet som har fört våra vägar samman ikväll, utan snarare ett listigt trick. Kommer ni ofta till Soho Club?"

Han förde dem båda mot kanten av dansgolvet så att de kunde få lite avskildhet och utrymme. "Jag är medlem och kommer och går som jag vill. Däremot är jag alltid här på torsdagar för de blandade faroborden. Det är märkligt att ni frågar om honom. Han brukar vara här och göra oss sällskap. Något måste ha kommit emellan."

Rosig om kinderna, inte bara av dansen eller av att vara i en så stilig mans närvaro, sträckte sig Matty ner i sin pompadour och tog fram sitt kort.

Torsdagar

Innehavaren beviljas inträde.

"Jag är också en beundrare av Fergal. Om jag ska vara ärlig måste jag erkänna att jag har en starkare koppling till honom, via vänner och familj. Vi brukade besöka teaterdistriktet hela tiden, men det senaste året har mina föräldrar svalnat inför idén. Tydligen är det inte *comme il faut*. Förlåt, jag avviker från ämnet. Fergal gav mig det här kortet, fullt medveten om att det fanns en utmärkt chans att ni skulle vara här ikväll. Att våra vägar skulle korsas verkar nästan vara en självklarhet."

Ioans panna veckades i tankfullhet, sedan skakade han på huvudet och skrattade. "Hans största roll hittills. Sällskapskopplare!"

Trots att gåtan var löst steg vreden i Matildas bröst.

"Hur kan ni skratta? Han har gillrat en fälla för oss!"

"Inte mer än våra föräldrar som planerade att fjättra oss för evigt. Jag gillar faktiskt sättet Sheridan har iscensatt detta."

"Jag behöver lemonad." Matty erbjöd Ioan sin arm så att han kunde leda henne till förfriskningarna.

Ioan accepterade hennes hand på sin underarm. "Ni kanske nöjer er med lemonad, men jag behöver något starkare."

"Kanske", kände sig Matty djärv, "efter lemonaden, kan jag också prova något starkare."

"Det tror jag inte. Jag gifter mig inte med en kvinna som dricker."

"Då ska jag ta två, för säkerhets skull."

"Vad?"

"Ni hörde mig tydligt. Jag kom hit i det uttryckliga syftet att skada mitt rykte för att ge min trolovades familj en solid anledning att neka partiet. Det är inte längre möjligt, eftersom ingen såg mig stiga ur vagnen, och ingen härinne kommer att avslöja någons hemligheter för omvärlden. Därför är min fortsatta närvaro på klubben meningslös.

"Jag vill dock fortfarande undvika att tvingas in i ett äktenskap. Jag behöver därför en anledning till varför min fästman och hans familj skulle avvisa mig. Ni har just nu bekvämt nog serverat mig en anledning till varför ni skulle vägra gifta er med mig, därför ska jag göra exakt det."

Han räckte henne en lemonad och såg på medan hon drack. Drycken släckte hennes törst, men den envisa hettan som spred sig genom hennes kropp när hans blick svepte över henne svalnade inte.

Förbannade karl. "Varför ser ni på mig så?"

Han gav henne sitt mest förledande leende. "För att jag i hemlighet är förtjust över att ni är här. Vi kan lära känna varandra, privat, utan att våra familjer anar något."

"En irrelevant poäng, eftersom vi inte kommer att gifta oss."

Var han fullständigt virrig? Varför ville han inte lyssna? Hon ställde ner sitt tomma glas på bordet och vände sig till kyparen. "Jag skulle vilja ha en till lemonad, med lite av det där i, tack så mycket."

Kyparen nickade som om detta var helt vanligt. Han tog fram en kanna från under bordet, fyllde glaset och gav det tillbaka till Matty.

Hon tog en klunk.

Oj!

Vad det än var för "det där" i drycken, så gillade hon

det verkligen. Eld fyllde hennes mun och tunga, rann sedan ner i halsen och spred sig till hennes redan heta buk.

Ioan vände sig till kyparen och sa: "Jag tar samma sak som hon har. Tack så mycket."

Hur mycket hon än hade kommit till klubben för att undvika att gifta sig med Ioan, var Matty tvungen att beundra hur artigt han behandlade personalen. Eftersom hon själv kom från handeln behandlade Matty alla med samma respekt. Alla var tvungna att försörja sig på något sätt.

Den eldiga drycken mjukade upp hennes tankar och ben en aning. Matty tog för sig av en vanlig lemonad för att svalka huvudet.

"Jag har druckit krut med mindre krut i", sa Ioan. "Låt oss fortsätta det här samtalet på balkongen; det kanske är en svalare bris där ute."

Matty tillät sig en liten hostning. "Jag trodde mitt huvud skulle explodera."

"Ni dolde det anmärkningsvärt väl."

"Tack. Tror jag. Nå, låt oss vara vuxna människor och ha ett ordentligt samtal om våra framtider, ska vi?"

KAPITEL 4

I oan ledde henne mot sittplatserna vid balkongen. De var ute i den varma kvällsbrisen. Böljande gardiner erbjöd dem lite mer avskildhet.

Där var mörkare och något tystare. Det fanns inga ljus i vägglampetterna eftersom lågorna troligen skulle sätta eld på gardinerna. Det enda ljuset kom från skenet som sipprade ut från balsalen.

De var ensamma, vilket i vanliga fall skulle ha varit en rejäl skandal. Det påminde bara Matty om att det inte fanns några skvallertanter från societeten där som kunde se dem och sprida skvaller.

Vad som helst kunde hända mellan dem.

Tanken fick nyfikenheten att pirra inom henne medan hon smuttade på sin vanliga lemonad.

Ioan slog sig ner bredvid henne. Även om de befann sig i brisen var det hans blotta närvaro som tog luften ur hennes lungor.

"Om jag får tala fritt", sa han och ställde ner sin drink på ett sidobord. Han hade tagit ett par små klunkar, inte de galna klunkar som Matty hade tagit. Då var det nog bäst att han skötte snacket, eftersom hennes egen tunga hade svullnat upp efter hennes ansträngningar.

"Du kom hit, villig att förstöra ditt rykte, för att slippa gifta dig med mig."

Var han tvungen att uttrycka det så rakt på sak?

Matty bekräftade: "Det är sant, men det är inget personligt, givetvis. Jag hade inte träffat dig före denna afton och visste ingenting om dig, förutom att du var en hertigs son och uppenbarligen utblottad om du var villig att acceptera en arvtagerska av borgerlig börd."

Han tog sitt glas och smuttade på det, och sa sedan: "Jag föreslog visserligen att vi skulle tala fritt, och det har du uppenbarligen gjort."

Tusan också. Hon hade en förfärlig vana att ibland vara fruktansvärt ärlig. Med betoning på fruktansvärt. "Jag ber om ursäkt för att jag var så rakt på sak. Jag tror att drinken har löst mina tungans band."

"*In vino veritas*", småskrattade han.

Ja visst ja, *i vinet sanningen*. "Det är verkligen inget personligt", försäkrade hon honom. "Jag är säker på att du är förtjusande när man väl lär känna dig. Men du förstår, jag var tvungen att göra något drastiskt, eftersom mina vädjanden till mina föräldrar inte hade gett något resultat och bröllopet närmar sig med stormsteg."

"Så du tänkte att en rejäl skandal skulle göra susen?"

"Precis."

Han tog en klunk till och hennes blick var fäst vid rörelsen på hans adamsäpple.

Han belönade henne med ett leende. "I så fall, varför skapar vi inte en skandal?"

Hon lade huvudet på sned och blinkade flera gånger av förvirring. "Men det finns ingen här som kan sprida skvallret. Det är en förlorad sak, är det inte?"

"Är det? Vi skulle alltid kunna lämna det här stället och åka någon annanstans, där vi kan bli sedda. Vad sägs om ett besök på teatern?"

Matty fnissade. Det förslaget lät som ett underbart fördärvligt nöje. "Uppträder Fergal ikväll? Skulle han glömma sina repliker om han såg oss sitta tillsammans?"

"Han skulle glömma sina repliker helt och hållet om han såg oss kyssas passionerat."

Matty lutade sig in medan hon fnissade och sa sedan: "Det skulle definitivt vara en skand-"

Ioan lutade sig fram och kysste bort slutet på hennes ord.

Vem kunde tro att det skulle vara så ljuvligt att fördärva sig själv? Matty förlorade sig omedelbart i undret av hans läppar mot hennes.

Så många förnimmelser sprakade och hettade till i hennes själ vid denna ytterst intima kontakt. En välkommen kontakt också, det var hon säker på.

Hennes kropp talade för henne och rörde sig närmare hans för att förlänga kyssen, för att utforska denna märkliga nya värld hon befann sig i.

Det var salighet. Det var okänt. Det var spännande.

Allt var över innan hon visste ordet av.

Han drog sig tillbaka och blinkade. Sedan sa han: "Det där var omoget av mig. Jag önskar att jag inte hade gjort det."

Men allt hade ju gått så bra. Sa hon det eller tänkte hon det bara?

"Jag hade inget emot det", sa hon. "Inte det minsta."

Hon borde ha blivit chockad av orden som kom ur hennes mun. Men hur kunde hon bli chockad när de var sanningen?

Något tungt molade i nedre delen av hennes mage. "Jag kom hit för att bli fördärvad, gjorde jag inte?"

Vem var denne hedonistiske Bacchus som hade tagit över hennes sinne? Hur som helst var det alldeles för sent att spela blyg.

Inte för att hon ville det.

Ioan satte sig tillbaka en aning och mönstrade henne från topp till tå. "Du kom hit för att få igång lite skvaller, för att undvika äktenskap. Men som du nu vet finns det ingen här som kan skvallra om dig. Dina strävanden är förgäves."

"Är de?"

Han nickade med huvudet mot dörröppningen. "Utgången är åt det hållet, du borde använda den."

Hennes mod sjönk. "Jag har avbrutit din kväll av hasardspel och utsvävningar."

"Jag gör detta för ditt eget bästa", sa Ioan. "Jag ber om ursäkt. Att förolämpa dig var det sista jag ville göra."

Ett kattigt litet "Ändå lyckas du med det" slank ur

henne innan hon hann tänka efter. Hon behövde återfå sin värdighet efter att ha blivit så trollbunden. "Vänta. Det där var ovärdigt oss båda. Ingen av oss har uppnått sina mål denna afton; du ville förlora pengar, jag ville förlora mitt rykte. Vi är båda helt och hållet otillfredsställda. Låt oss inte skiljas som ovänner."

Han log och skakade lätt på huvudet. "Du är sannerligen anmärkningsvärd. Givet de rätta omständigheterna skulle vi annars nog komma ganska bra överens."

Ioan ville ge sig själv en örfil. Varför hade han sagt det? Varför var han så förbaskat ärlig helt plötsligt? Något med fröken Matilda Cleghorn fick honom att glömma sitt eget förstånd. Förutom att hon var oerhört vacker, vilket alltid var en bonus, njöt han ganska mycket av hennes sällskap. Hon var en ros, med en och annan tagg som han högst troligt förtjänade.

När han hade upptäckt sina föräldrars planer för hans trolovning hade han vägrat blankt. För att de var idioter och aldrig hade fattat förnuftiga beslut i sina liv. Inklusive att gifta sig med varandra. Därför, när de hade berättat för honom att hans trolovade var en rik arvtagerska, avfärdade han omedelbart hela påhittet.

Hans far hade, trettio år tidigare, gjort samma sak. Gift sig med en kvinna han aldrig hade träffat på båda föräldraparens befallning. Han hade sedan spenderat sin hustrus hemgift med blixtens hastighet, medan hans hustru födde honom en son och sedan vägrade att ha något mer med honom att göra.

Ioan visste att när han väl var gift skulle hans far kräva pengar av sin svärdotter för att rädda familjenamnet och hålla tillbaka långivarna som bildligt talat bultade på dörren.

Några av dem hade av misstag spårat upp Ioan. Far och son hade samma förnamn. Han hade blivit expert på att undvika skuldindrivare i unga år. Även när några av dem accepterade att de hade fel Davies, pressade de honom ändå att betala skulderna eftersom de stod i hans namn – och det låg i hans intresse att bli av med dem.

Varför skulle han utsätta sig själv och sin framtida hustru för det? Det var inget sätt att leva.

Det var därför han hade bestämt sig för att det var dags att leva på sina egna villkor.

Nu när han hade träffat Matilda fann han henne oerhört underhållande. Under andra omständigheter hade de passat bra ihop. Om de gifte sig, även av kärlek, skulle de aldrig få en lugn stund från den gamle.

Men bara om Ioan var av den giftaslystna sorten, vilket han definitivt inte var.

Märkligt att Matilda inte verkade ha någon brådska med att knyta hymens band, även om det skulle höja henne till de högsta samhällsskikten.

Om hans liv inte var en sådan enda röra skulle han kanske till och med ha friat till henne. "Jag har förolämpat dig, och jag är ledsen. Denna afton har varit... förvirrande och även lite anmärkningsvärd. Jag skulle vilja stanna i ditt sällskap, om så bara för en liten stund till."

De borde inte skiljas åt än, som ovänner. De borde skiljas åt som vänner och önska varandra allt gott.

Hon nickade. "Det skulle jag vilja."

Utmärkt. Dags att återgå till ett ämne de kunde diskutera med större lätthet. "Det verkar som om Fergal, vår gemensamma vän, har roat sig på vår bekostnad. Kanske vi borde hitta ett sätt att ge igen?"

Hennes ögon lyste av delad skadeglädje. "Besöker vår Fergal Soho på en torsdag? Jag började undra om han gjorde det, för då skulle han ju vara här för att se oss två träffas, vilket måste ha varit hans plan, eller hur?"

Ioan flinade vid tanken på att ge igen på sin vän, som hade iscensatt allt så väl för dem. Varför skulle han egentligen planera detta skämt om han inte var där för att se det hela utspela sig?

"Ja, utspela sig", sa han, mer för sig själv.

"Vad sa du?"

"Jag var bara försjunken i tankar. Fergal uppträder högst troligt, eftersom det fortfarande är tidig kväll. Om vi ger oss av nu kan vi kanske få se några fler av hans illusioner."

KAPITEL 5

På teatern var det ett myller av människor och fullständigt hänförande. Av nödvändighet var Ioan tvungen att hålla Matildas hand i ett fast grepp för att inte tappa bort henne i folkmassan.

Det var i varje fall vad han intalade sig själv.

På scenen trollband Fergal publiken medan han utförde en rad till synes omöjliga konster. Ioan hade inte den blekaste aning om hur något av det gick till.

Bredvid honom log och skrattade Matilda, där hon njöt i fulla drag av föreställningen.

"Och nu, mina damer och herrar, en frivillig från publiken, tack?"

Flera händer åkte upp i luften, däribland Matildas.

Fergal skulle få sig en rejäl chock om han såg henne nu.

Men tyvärr valde Fergal, trots hans förhoppningar, en kvinna i publiken som bar en klarröd hätta med en mängd olikfärgade band. Det var svårt att se på avstånd, men han tyckte nog att den frivilliga var misstänkt lik Fergals fru Mary.

När ridån hade gått ner för sista gången följde Ioan Matilda tillbaka till Soho Club. Han var tvungen att ge Fergal det: karlen visste hur man satte upp en föreställning.

Matilda suckade och sa: "Det var så länge sedan jag var på teatern, jag hade nästan glömt bort hur roligt det var."

"Vi kan gå så ofta du önskar", sa Ioan.

Matilda pressade samman sina ljuvliga läppar i tankfullhet. Han skämdes en smula över att han inte hade kunnat motstå att kyssa henne tidigare under kvällen, men han ångrade inte det minsta att han faktiskt hade gjort det.

Att kyssa Matilda Cleghorn var som att kyssa månsken.

Han ville kyssa henne igen, och snart.

Förväntan byggdes upp inom honom vid tanken på hur snart han kunde få kyssa henne igen.

"Där ser du", sa hon och strålade av förtjusning mot honom. "Du är inte ett sådant hopplöst fall att du skulle neka dig själv nöjet av teatern."

Han svalde. "Du har en ganska låg uppfattning om adeln, eller hur?"

Matilda sträckte sig ner i sin handväska och tog fram

en solfjäder. Sedan började hon använda den energiskt. "Mor säger att jag har en vass tunga, och jag säger min mening alldeles för ofta för mitt eget bästa. Det är bara det att min familj bara verkar få problem när det kommer till adeln. Myndigheter och medborgare och företag betalar alla sina räkningar, men varför verkar det som att er sort tror att reglerna inte gäller dem?"

Herre Gud, kvinnan var löjligt djärv. Hon anklagade hela societeten för inget mindre än stöld. "Om ni talar så rakt på sak, miss Cleghorn, kommer ni snart att få det allra sämsta rykte. Societeten skulle redan misstro er på grund av att er familj kommer från handeln, men att anklaga hela adeln för att inte betala sina räkningar är ganska hisnande."

Matilda fortsatte att le mot honom, fullständigt oberörd av denna tillrättavisning. Hon fortsatte att vifta med solfjädern och sände slöjor av de mest lockande dofter i hans riktning.

De kom fram till klubben. Han borde skicka hem henne, men han kunde inte förneka hur mycket han drogs till hennes sällskap.

Matilda sa: "Jag kom hit för att förstöra mitt rykte. Om du berättar för dina titulerade vänner vilken ragata jag är kanske det till och med händer?"

Ett leende spred sig över hans läppar. Där fick hon honom. "Väl spelat, miss Cleghorn, väl spelat." Han tog hennes hand och lyfte hennes behandskade knogar till sina läppar. Värme strålade från hennes hand genom det fina tyget. "Där lurade du mig verkligen för ett ögonblick."

Miss Cleghorn lutade sig in och gav Ioan en skymt av sina vackert släta nyckelben som han längtade efter att pressa sina läppar mot. "Jag kan visa dig min fars räkenskapsböcker. Varenda kund som är sen med betalningen har en titel, från prinsen av Wales själv hela vägen ner till baronen av Stone."

Ioan tappade hakan av chock. "Så fullkomligt skandalöst."

"Jag kan ta dig till fabriken just nu och visa dig, för att stilla din nyfikenhet."

Hon fläktade sig igen och han var nära att tappa förståndet.

Att se en bok med siffror och räkenskaper skulle inte direkt stilla hans sorts nyfikenhet. Det fanns så många andra saker han hellre skulle göra ikväll än att titta i liggare. "Jag tror dig, frukta inte. Herregud, jag hoppas inte min far är i skuld till din familj? Även om vad min far skulle vilja ha stål till kittlar min fantasi."

De fann en plats att sitta på inne i klubben; den var nära biblioteket och avskild, men gav dem ändå en vy över andra nöjen.

"Din far står inte i skuld till oss, även om jag förstår att han är skyldig en hel del till många andra. Det är möjligen därför våra föräldrar arrangerade detta äktenskap. Vad gäller stål så tillverkade vår fabrik förr svärd och bajonetter för kriget. Nu när kriget är över tillverkar vi mest knappnålar för modebranschen, och det är ännu mer lönsamt än kriget."

"Den ödmjuka knappnålen?"

"Inte så ödmjuk. Varje klädesplagg måste nålas innan det sys. Vår fabrik tillverkar även nålar. De behövs för kläder, skomakare, segelmakare och sådant."

Han flinade. "Det har jag aldrig ägnat en tanke åt förut", erkände Ioan, något överraskad av sig själv. För första gången i sitt liv började han inse att det fanns en hel del i vardagslivet som han inte hade tänkt särskilt mycket på. Det fick honom att känna att han hade gått miste om en hel del. "Min utbildning, även om den var omfattande, täckte inte det."

"Din utbildning lärde dig förmodligen att om du skulle ge dig in i handeln skulle det skapa en smärre skandal."

Återigen fläktade hon sig. Det blev varmare härinne.

"Vi återvänder till ditt centrala dilemma", sa han. "Trots handel och ett besök på en fullsatt teater förblir ditt rykte envist intakt."

"Sant." Hon grubblade en stund. "Vi kan vänta här på att Fergal ska dyka upp senare ikväll, eller så kan vi besöka en annan klubb. Tillhör du några andra, som har lägre krav på diskretion?"

Kvinnan var beslutsam, det skulle han ge henne. "Ja, jag är medlem i en annan. Men om jag tog med dig dit skulle du bli fullständigt förstörd."

Hon lutade sig framåt och fläktade sig, fann han, finkänsligt och medvetet.

"Är inte det hela poängen?" Hon gav honom det mest djävulska leende, och han upptäckte att han hade svårt att andas.

KAPITEL 6

I oan lugnade sin andning. "Om du vill bli fördärvad behöver vi inte dröja med att hitta en annan plats." Han tog varsamt solfjädern från hennes hand och lade den i hennes knä. "Varför börjar vi inte genast?" Hans läppar var så nära att han kunde känna hettan stråla från hennes i vågor.

Han behövde knappt röra sig en millimeter förrän de skulle kyssas.

Men han ville att Matilda själv skulle överbrygga det sista lilla avståndet. Han behövde veta att hon menade allvar med sitt fördärv. Att hon förstod vad ordet verkligen innebar, och konsekvenserna av det.

Det här skulle inte bli som att hålla handen på en offentlig teater. Om hon ville ha fördärv skulle han mer än gärna ge henne det. Men hon var också tvungen att vilja ha det.

Väntan var olidligt ljuvlig. Hetta sköt ner i pungen när

förvänt...

Hon pressade sina läppar mot hans. Så sött och oskyldigt, när hennes varma men torra läppar mötte hans. Påstridigt, utan någon som helst finess. Hans kuk spände sig av allt han kunde lära henne i natt.

Hon drog sig undan och blinkade snabbt.

"Det där var roligt", sa hon och rodnade våldsamt.

Det var svårt att inte skratta åt hennes förenklade tolkning. "Jag tror vi kan kalla det en försmak", sa han, rörde med fingrarna vid hennes haka och styrde hennes mun tillbaka till sin.

Den här gången möttes deras läppar mer målmedvetet. Hans skildes åt med en suck av otrolig återhållsamhet. Kåtblixtar sköt ner i hans skrev när hon slappnade av i omfamningen. Hans tunga smakade på hennes läppars kurva, medan han testade hur långt hon skulle låta honom gå och hur långt han kunde ta henne.

Han ville ta henne fullständigt, här och nu.

Det var känt att sådant hände. Vissa på klubben hade exhibitionistiska tendenser. Han hade aldrig förstått tjusningen med att fullborda akten inför publik. Eller för de som tittade på.

Nu förstod han att det troligtvis inte handlade om något av det, medan han plundrade Matildas mun och pressade hennes kropp mot sin. Hans heta kuk pulserade i byxorna. Han glömde bort var han var och vem som kunde se. Han brydde sig helt enkelt inte om vem som var i närheten och vem som kunde se.

Det borde han verkligen göra.

En fast hand trycktes mot hans bröst och Matilda vände bort munnen, flämtande. Hans andetag kom också i korta stötar.

Det måste vara något fel på hans hälsa som fick honom att reagera så här. Överreagera. Herregud, de kysstes bara. Om de älskade skulle han dö av hänryckning.

Det var en tanke.

Matildas hjärta rusade som en kapplöpningshäst över ett hinder. Hela hennes kropp sprakade av förnimmelser. Hetta slog sig ner lågt i hennes mage. Ett märkligt men inte ovälkommet pulserande började lite längre ner.

"Jag är en dåre", började hon, men upptäckte att hon inte riktigt trodde på det. "En lycklig dåre." Det var mer likt sanningen. "Vår gemensamma vän måste ha vetat att det här skulle hända."

"Han behöver aldrig få veta", sa han, utan att kyssa henne men inte heller utan att flytta bort sitt ansikte. Deras pannor vidrörde varandra, som om de inte riktigt kunde slita sig loss från varandra. "Jag har rum här ..."

"En elegant lösning", höll hon med. Hon hade sagt det snabbt och utan att tänka på vad det faktiskt innebar. Men nu när hon hade sagt det högt kunde hon inte ångra det.

Han smekte varsamt hennes kind. "Jag är din att göra vad du vill med", sa han.

Denna märkliga nya känsla behövde utforskas. Tidigare i kväll hade hon låtit frustrationen fatta beslut åt henne, frustration över sin belägenhet och brist på kontroll över att kunna styra sin egen framtid.

Hon hade trott att den bästa vägen till frihet var genom uppror; att förstöra sitt rykte och bryta sig fri från den främling hennes familj hade valt att hon skulle gifta sig med.

Nu, när de gick uppför trappan till hans rum, undrade hon om hennes föräldrar av misstag hade valt väl. Inte för att hon någonsin skulle låta dem veta det, förstås. Huruvida hon skulle gifta sig eller inte måste fortfarande vara hennes beslut. Vem hon skulle gifta sig med måste också vara hennes beslut.

Men den här mannen gav henne mer frihet än hon någonsin tidigare känt, och hon tog tag i den friheten och släppte den inte.

Väl inne i hans rum ledde Ioan Matilda till en schäslong och hon slog sig ner.

Han hämtade ett par vinglas och kom fram till henne med dem, tillsammans med en flaska ratafia.

Istället för att sitta bredvid henne satte han sig vid hennes fötter.

När han såg upp på henne, genom de där ljuvligt mörka ögonfransarna, hade hon kunnat kasta sig över honom.

Han frågade henne bara: "Ska vi fastställa några ... förväntningar?"

"Det skulle jag uppskatta", sa Matilda, medan nyfikenheten gnagde på hennes nerver. Hon hällde upp ett glas till sig själv från flaskan. "Jag har aldrig blivit fördärvad förut."

Detta gav henne ett leende när han fyllde sitt eget glas. "Ärligt talat har jag aldrig haft i uppdrag att fördärva någon förut." Han rörde vid kanten på sitt glas med hennes och skålade med henne. "För vår ömsesidiga utbildning."

Han gjorde det klart att hon kunde gå när som helst.

Hon ville inte.

Han gjorde det också klart att de kunde sluta när som helst.

Återigen ville hon inte det.

Hur kunde den här mannen, en främling för henne för bara en dag sedan, fylla henne med sådan tillförsikt och trygghet?

"Du låter mig fatta mina egna beslut", insåg hon.

"Jag antar att det är något nytt för dig?"

"I högsta grad." Det var sanningen. "Jag är kvinna och dotter till en handelsman. Det har gett mig mer friheter än andra kvinnor har. Tillgång till konst och litteratur som många nekas. Till och med kvinnor från societeten har troligen inte läst de nyhetsblad eller tidskrifter som vidgar mina vyer. Ändå är det så mycket som nekas även mig." Hon tystnade ett ögonblick och undrade om hon höll på att prata hål i huvudet på honom. Något hon hade hört societetsmammor förmana sina unga skyddslingar med. Tydligen stod herrar inte ut med att lyssna på kvinnors pladder. Å andra sidan vände just den här herren upp och ner på allt hon tidigare hade trott om män.

Han tittade intensivt på hennes läppar, vilket fick ilningar att dansa genom hennes kropp. "Jag tycker väldigt mycket om att kyssas, ska vi återgå till det?"

"Om du vill?"

"Jag vill."

Han satte sig bredvid henne och ställde deras glas på ett sidobord, sedan lutade han sig in. Hennes hjärta slog snabbare och hennes läppar skildes åt i förväntan på kontakten.

Magi. Trycket var förtjusande och sprakande, hon slappnade av i munnen och släppte in honom, hans tunga utforskade och flätades samman med hennes. Stötar av lust skakade genom hennes kropp. Hennes andning stockade sig av den berusande upplevelsen.

"Herregud", flämtade hon mellan fler kyssar.

Hans hand kupade hennes ansikte, den andra drog ett spår av hetta ner längs sidan av hennes hals och flyttade sig till hennes axel.

Med en axelryckning hjälpte hon honom att knuffa ner ärmen. Hon pressade sin kropp mot hans. Hans handflata flyttade sig till hennes korsrygg och brännmärkte hennes kropp. Han drog henne framåt, mot sin överkropp, och sänkte dem sedan långsamt ner på schäslongen.

Kropp mot kropp kände hon varje del av honom pressas mot henne, inklusive en het längd mot sitt lår.

"Vad är det där?" hasplade hon ur sig.

Han flyttade sig lite åt sidan och knäppte sedan upp sina knappar. Med ett djävulskt leende förklarade han: "Det är bara min kuk."

Hon kunde inte slita blicken från den när han utan ansträngning lossade varje knapp och drog ner byxgylfen. Där fanns en härva av mörka lockar, sedan sprang ett magnifikt skaft fritt.

Det var allt hon kunde göra för att inte sträcka ut handen och röra vid den.

Som om han läste hennes tankar tog han varsamt hennes hand och placerade hennes handflata på sitt skaft. Han visade henne hur hon skulle kupa fingrarna runt den och glida upp och ner för den heta huden.

Synen blev suddig och hennes andning stockade sig vid det magnifika löftet. Tunga pulseringar lågt ner i kroppen, märkliga behov hon inte kunde namnge spred sig inom henne. Av egen vilja böjde hon upp knät och pressade benet över hans kropp. Sedan gränslade hon den ömmande delen av sig själv över hans breda lår.

Det var för många lager tyg.

Hans fingrar strök över hennes utsträckta lår, glidande och smekande upp och ner. Ett finger nådde hennes mitt.

En flämtning undslapp henne.

Han drog sig undan.

"Det är ingen fara", lyckades hon få fram, trots sin oförmåga att tänka. "Gör det igen."

Hans fingrar rörde vid henne varsamt, vördnadsfullt. Hon fann hans mun igen och kysste honom våldsamt medan han rörde sina vackra fingrar upp och ner längs hennes fuktiga öppning, vilket sände gnistor genom hennes kropp.

"Underbart!" Hade hon sagt det eller bara tänkt det?

Han svarade med ett rungande "Ja", medan hans fingrar spelade fram och tillbaka. Hans andra handflata flyttade sig till hennes bröst, där han befriade det från tyget och tog det i sin mun.

Ett njutningsrop undslapp henne. Skälvningar av vällust chockade hennes kropp och hon tappade greppet om hans kuk. Och om verkligheten. Hans fingrar lekte upp och ner och tryckte på något viktigt som hon inte kunde namnge.

Hans mun fortsatte att suga på hennes bröst, sedan befriade han det andra och flyttade över till det. Hennes rygg kröktes och hon dignade under all härlighet.

De där fantastiska fingrarna slutade inte att tillfredsställa henne, de tryckte och retades och tryckte igen. Sedan förde han in två fingrar i henne och hon borrade in ansiktet i hans axel. Det var för mycket och inte tillräckligt. Det var så skönt att hon kunde skrika.

En skälvande andning fick henne att sträcka sig efter något. Hans fingrar tryckte och knuffade och hans tumme ritade cirklar. Kraftfulla pulseringar spred sig genom henne. Igen. Igen. Hon grymtade mot hans axel och kollapsade.

Kraftlös öppnade hon långsamt ögonen och försökte fokusera.

Han drog ut sina fingrar ur henne. Svetten klibbade fast hennes kläder vid huden. Istället för att vilja stänga benen kände hon behovet av att öppna dem mer. Hur kunde allt hon tidigare läst om akten (för hon hade haft tillgång till mer litteratur än många) ha varit så otroligt fel?

"Underbart", sa hon med en suck.

Verkligheten trängde sig på när hon kom till sans. "Men jag var självisk och fortsatte inte att hjälpa till med din njutning."

"Du var inte alls självisk. Du gav dig hän helt och hållet åt företaget. Det är det som gör det här så ljuvligt."

"Gör det?" Nu blev hon förvirrad. "Du gjorde allt jobb, jag fick all njutning, och du säger att det är ... bra?"

Han log brett. "Du är en naturbegåvning. Och det är saligare att giva än att taga", sa han med ett snuskigt skratt.

Matilda log. "Jag kommer aldrig mer höra den versen utan att rodna våldsamt."

"Låt oss ta av oss de här kläderna, de hindrar vår njutning."

KAPITEL 7

D et gick långsamt att ta av kläderna. Ioan njöt av att blotta varje nytt stycke hud och dyrkade Matilda med kyssar när varje nytt parti hud befriades. Deras kroppar hade snabbt blivit varma och svettades genom lagren. Hans skjorta klibbade fast vid överkroppen i ojämna fläckar. De borde fylla badet senare och tvätta sig.

Dofterna från deras aktiviteter fyllde luften omkring dem. Det gick inte att ta miste på dofterna som omslöt dem. Det doftade som den allra bästa synden, och han kunde knappt bärga sig tills han fick göra det igen. Blodet rusade söderut och han gav ifrån sig en stöt av åtrå. Den här kvinnan skulle driva honom till vansinnets rand. Hon kändes så jävla bra i hans armar.

Och så fri.

Allt sunt förnuft löstes upp när han andades in själva essensen av denna otroliga kvinna.

Deras kläder låg i en skrynklig hög på golvet när han ledde henne mot sängen.

Den här gången satte han sig på sängkanten och insöp hela synen av hennes skönhet. Kurvor och skuggor och hårlockar, pigga, vackra bröst i kysshöjd. Han lutade sig fram och dyrkade det ena, sedan det andra, slickade, kysste och sög. Matilda flämtade till och svankade. Han lät en hand glida ner på hennes mjuka stjärt, sedan den andra, och smekte och älskade henne med händerna.

Matilda ryste mot honom, tryckte sedan sitt nakna bröst mot hans och pressade honom bakåt på sängöverkastet.

Han lade sig villigt bakåt och lät henne utforska hans bröstkorg, hennes kyssar lämnade spår av ljuvlig plåga över hans hud medan hennes hår, som en gång varit så prydligt uppsatt, lossnade i hans händer och spreds ut över honom.

"Visa mig vad du tycker om", sa hon medan hon kysste sig nerför hans bröstkorg, över hans mage. Hennes läppar stannade vid hans navel och hon lyfte blicken mot hans. "Är det här skönt?"

Med en knuff med höfterna vinklades hans kuk uppåt och han pressade den mot henne. Han strök undan håret från hennes ansikte och hon flinade vällustigt mot honom. Han tog det som uppmuntran och ledde hennes lediga hand till sin kuk.

Hon smekte huden och omslöt skaftet varsamt med fingrarna. Gnistor bländade honom bakom ögonen vid kontakten. "Åh ja."

Han lät henne utforska på egen hand. Varje naiv berö-ring fick honom att hålla andan i en blandning av förundran och rädsla för att han skulle komma för tidigt, som en brunstig ung bock under sin första natt på en bordell.

Den här kvinnan var en dröm som blivit verklighet.

Hon vinklade sig längre ner på sängen. Varm luft lekte över hans kuk. Hon blåste över hans hud. Hans kropp spändes medan han väntade på hennes nästa drag. Hans förnuft sa honom att han måste ge henne tid att lära känna honom, men hans kuk ville begrava sig ända in till pungen i hennes heta, våta inre.

"Jag gör inte det här rätt, eller hur?" Hon vände sig mot honom. "Du är alldeles för artig och tålmodig med mig. Säg bara vad du vill ha."

"Det är helt upp till dig, men om du kysste min kuk och sedan sög in den i munnen skulle jag vara evigt tacksam."

Tiggde han? Hennes läppar var så nära, om hon bara flyttade sig lite längre ner …

Glädje exploderade inom honom när hon kysste honom hela vägen nerför skaftet till toppen. Han höll andan när hon lekte och retade det känsliga köttet. Varje muskel spändes i den djupaste självkontroll han kunde uppbåda medan hon långsamt, långsamt kysste honom hela vägen till toppen.

Salighet exploderade i hans bröst när hon tog honom i sin mun. Ena handen hade hon på hans kuk för att hålla honom stadig och med den andra tog hon tag i hans pung. Hon sög och han tappade förståndet.

Han slängde upp underarmen över ansiktet och skrek ut när hela hans kropp skakades av spasmer.

Han låg där, flämtande av förundran och salighet. Gode Gud, vilken kvinna. Och här var hon och gav sig så fritt till honom. Han kunde bara återgälda tjänsten så villigt som möjligt.

Vilket skulle bli om ett litet tag, eftersom han kämpade för att förstå denna otroliga ... glädje.

Utmattning också. Kroppen var tömd, hjärtat slog snabbare än en kolibris vingar, och han andades in den berusande doften av deras kroppar.

Hon låg tvärs över honom, med håret intrasslat över hans bröst. Förstrött strök han med fingrarna genom hennes lockar. "Tack", lyckades han få fram.

Det var ett under att hans hjärna fungerade tillräckligt för att ens säga det.

Han menade det också. Han ville tacka henne ordentligt för det hon hade gjort. Och det skulle han, så fort han hade återhämtat sig.

Svetten på hans kropp blev klibbig när den svalnade. Han satte sig lite mer upprätt.

"Kan jag hämta något att dricka åt dig? Eller ... vad som helst?"

"Jag är faktiskt sugen på te. Är inte det konstigt?"

"Inte alls. Älskog kan vara ett törstigt arbete."

Hon sträckte ut sig över sängen och såg upp på honom genom sitt rufsiga hår. "Inte undra på att mammorna alltid varnar oss för att bli fördärvade. Om jag hade vetat att det var så här roligt skulle jag ha gjort det för länge sedan."

Ett skratt mullrade inom honom. Han placerade en kyss på hennes rodnande läppar och kände smaken av sig själv på dem. Lusten sköt genom hans inre och han började återhämta sig. "Det finns fortfarande mer roligt att ha."

Han hällde upp ett glas vatten åt dem var från en kanna, klunkade i sig sitt och räckte sedan över hennes.

Hon smuttade på det, som den gudinna hon var, och gav sedan tillbaka det tomma glaset. "Te?"

"Jag ringer efter det." Han tog på sig en morgonrock, spatserade sedan bort till väggen och drog i klocksnöret. Han vände sig om för att fortsätta där de hade slutat, bara för att upptäcka att Matilda försökte klä på sig igen.

"Vad gör du?"

Hon strök tillbaka sitt rufsiga hår. "Jag … jag är inte riktigt säker. Jag trodde att jag kanske behövde klä på mig om någon var på väg."

"De kommer att knacka och vara diskreta, för det är så det fungerar här."

"Jaha." Hennes mun formade en perfekt liten figur. Mer än något annat i världen behövde han kyssa henne igen, just nu.

Inget var begripligt, ändå hade Matilda aldrig känt sig så fulländad. Var det här … lycka? Allt Matilda visste med säkerhet var att hon ville ha mer av det. Mer av denna underbara … *känsla* … av att bli dyrkad och att återgälda tjänsten. Det var något så magiskt med den här klubben som lät folk göra sådana saker för och med varandra. Så otroligt konstigt att allt det som hennes mor hade varnat henne för i själva verket hade varit raka motsatsen. The Soho Club var, trots allt ont folk talade om den, en plats för trygghet, en plats att kanske utforska vem hon var. Det var svårt att sätta ord eller tankar på det; det räckte med att hennes känslor var mjuka och glada och fyllda av förtjusning.

Varför klä på sig egentligen? Ioan bar bara en morgonrock; varför skulle hon bry sig om något mer?

"Har du en annan rock jag skulle kunna få låna?"

Han ryckte av sig sin och gav en fullständig vy av sin magnifika nakna gestalt. "Du kan få min?"

Hon småskrattade. Hennes klänning, som hon inte hade dragit på sig på ett anständigt sätt, föll till golvet.

De stod lika fria med varandra som Adam och Eva, innan ormen hade dykt upp för att göra saker komplicerade.

Det enda som liknade en orm här var Ioans magnifika kuk, som nu stod i givakt framför henne. Hettan pulserade mellan hennes ben vid åsynen av den. Hennes hand sökte hans och hon drog i hans arm. "Visa mig vad mer som finns."

"Med nöje."

En mild knuff bakåt och de nådde sängen igen. Obäddad och med tillrufsade lakan. Förtroendet de hade byggt upp ikväll var fortfarande starkt när hon lade sig ner på armbågarna. Hettan steg uppför hennes hals och ansikte, och hon bet sig i läppen av förväntan. Med ett vägledande tryck pressade han isär hennes knän. Han knäböjde vördnadsfullt framför henne och blåste mjukt mot hennes hud.

Hennes huvud föll bakåt vid den lättaste smekningen. När han kysste henne direkt på hennes öppning föll hon baklänges på rygg och stönade.

Kroppen blev alltmer upphetsad, pulsen allt tjockare, och hon överlämnade sig till stundens njutning.

Den vackra stunden som kunde vara för evigt.

Han slickade hennes blygdläppar, dyrkade hennes kropp, kysste hennes sköte, stal hennes andan och sög sedan. Hårt.

Ett skrik kom från ingenstans och överallt. Åh, må denna njutning aldrig ta slut!

Han kupade hennes skinkor i sina händer och höll henne på plats, och drev henne till vansinne med sin tunga.

Hennes händer sökte sig till sina egna bröst, och hon klämde dem medan pulser dånade genom hennes kropp. "Så skönt", sa hon, eller hade hon sagt något alls?

Tanke och ord och sensation drev henne hårdare och hårdare in i extas. Med svankande rygg red hon de plötsliga pulserna tills ett gutturalt skrik slets ur hennes strupe. Hennes lår klämdes om Ioans huvud, hennes kropp spändes i ljuvlig plåga. Mjuka vågor följde snart, och lättade ner henne från den rena glädjens höjder.

Hon andades tungt och återhämtade sig så gott hon kunde från de överväldigande förnimmelserna.

"Vad ... var det där?"

Han kysste hennes lår och lade sedan försiktigt ihop hennes knän igen. "Något alla kvinnor förtjänar."

"Herregud, det är underbart."

"Trodde du skulle gilla det", sa han och lade sig bredvid henne på sängen, hans ansikte rosa av ansträngning, hans läppar fylligare än förut, röda av friktionen.

Hon förde ner handen till sin öppning för att känna på sig själv och noterade det svullna köttet och de ömma ställena. Det fanns en blandning av fuktighet, en ny del av henne själv att upptäcka och dyrka.

"Herregud, hur kan jag någonsin tacka dig för det där?"

Hon menade det.

Det knackade på dörren. Artigt, men likväl avbröt det deras roliga stund. Det är vad som händer när man ringer efter te.

KAPITEL 8

I oan sträckte sig efter morgonrocken som låg i en tyghög på golvet. Matilda rullade in sig i lakanen för att skyla sig lite, för att bespara betjänten rodnaden.

Visst, dörrens vinkel och sättet som Ioan stod på skulle göra det svårt för personalen att se in, men hon täckte sig för säkerhets skull.

Rösten på andra sidan dörren sa: "Davies! Jag är så glad att du är här. Jag skulle vilja be om en tjänst."

Sedan klev mannen som rösten tillhörde in i rummet.

Både Matilda och mannen flämtade till. Matilda klämde fast lakanet vid halsen, och hennes kropp hettade av förlägenhet.

Hettan gjorde henne bara arg på sig själv. Hon borde inte behöva skämmas för någonting. Fergal Sheridan – för det var han som rösten tillhörde – borde vara den som rodnade av skam över att ha klampat in i ett privat ögonblick.

Fergal flinade.

Vilken arrogans!

"Vad gör du här?", krävde Matilda att få veta.

Sheridan hade anständigheten att harkla sig med en diskret hostning och sa: "Det var fel av mig att komma in utan att invänta en inbjudan. Jag hade hoppats kunna, äh … få tag på Davies här innan, äh …"

Slutligen fick Matilda tillfredsställelsen att se Sheridan bli vinröd i ansiktet.

"Problem?", frågade Ioan honom.

"Inga alls", sa han snabbt och vände sig bort från Matilda.

Sheridan gick tillbaka ut i korridoren. Bakom dörren hördes låga röster som Matilda inte kunde uppfatta. De pratade uppenbarligen om något. Något som herr Sheridan inte ville att hon skulle höra.

Nyfikenheten höll på att göra henne galen.

"Prata inte om mig bakom dörren. Säg det rakt upp i ansiktet på mig."

De slutade prata helt och hållet.

Inte ett ljud hördes, förrän de båda klev tillbaka in i rummet och Ioan stängde dörren.

Sheridan talade. "Jag måste erkänna att ni har skarp hörsel. Jag måste också bekänna mina synder här, det var jag som arrangerade ert möte denna afton."

Matilda log ett mindre älskvärt leende. "Det antog vi."

"Jaså!" Han bleknade en aning. "Då så, hm, om ni listade ut det, varför … nej vänta, svara inte på det. Jag menar – hörni, det har skett en utveckling."

"Ja, det kan man lugnt säga. Ni gör bort er nu, herr Sheridan", sa Matilda med återvunnen självsäkerhet. "Det var inte svårt. Vi insåg snabbt att vi hade er som gemensam vän, och det förklarade egentligen allt. Jag kom hit för att förstöra mitt rykte. Dessvärre är personalen så otroligt diskret och skulle aldrig yppa ett ord om vad som händer här för någon ... och därför skulle mitt besök här vara tämligen bortkastad tid. Men eftersom vi visste att vi båda kände *er*, behövde vi bara vänta här, fördriva tiden, tills ni så småningom dök upp. Ser ni? Här är ni nu. Nu står det *er* fritt att berätta för den som behöver höra det, att jag är oåterkalleligt solkad och aldrig kommer att bli giftasmaterial."

"Vad?", sa Sheridan och stirrade på henne med öppen mun.

"Vad?", sa även Ioan och såg lika förvirrad ut.

"Vad är det frågan om?", insisterade Sheridan och flyttade blicken från Matilda till Ioan.

Matilda uttalade sina tankar högt, som om hon var ensam i rummet. "Var är min klänning? Ah, bra." Med ett djupt andetag skandaliserade hon dem båda och klev ur sängen. Sedan sparkade hon upp sin klänning med foten och gick bakom den vikbara skärmen.

Gode Gud, hon hade aldrig gjort något så djärvt i hela sitt liv.

Om hon bara hade haft ett sätt att se deras ansikten när hon vände sin nakna rygg mot dem. Det skulle ha varit ovärderligt.

Någon annan anlände till dörren.

"Ah, teet", sa Ioans röst, tillräckligt högt för att Matty skulle höra.

Fergal skulle banne mig inte stanna kvar för det.

Matilda var, påklädd men slarvigt, förtjust över att se ryggen på Fergal Sheridan när han lämnade Ioans rum.

Hon samlade sig mentalt medan hon återvände till Ioans famn.

Teet var precis vad hon behövde för att klarna i huvudet lite, och hjälpa hennes tröttnande krafter. Vem visste att det kunde vara en sådan ansträngande aktivitet att bli ruinerad?

"Jag vet inte vad som är värst", sa hon och placerade sin kopp på fatet. "Att Fergal såg oss ikväll, eller att vi för resten av våra liv kommer att behöva stå ut med hans självgoda, medvetna blick när han ser oss tillsammans."

Ioan drog sig tvärt tillbaka, med ett förbryllat uttryck i ansiktet. "Ja, han är bra på att se själgod ut. Stopp ett tag ..." Han ställde ner sin egen kopp och rynkade pannan i koncentration. "Vad menar du med 'för resten av våra liv' ...?"

"Jag ... jag försa mig." Osäkerhetens stormar grep tag i henne. Vad hade hon av misstag erkänt? "Jag lät mig ryckas med, jag tänker inte klart."

"Jag undrar bara vad-?"

"Titta inte på mig", sa hon och vände sig bort, och begravde ansiktet i händerna. Allt detta åstadkom var en brännande, våt känsla, när hennes handflator fylldes med heta tårar. Vilken dumbom! "Jag försa mig!", förklarade hon igen. "Snälla, du läser in alldeles för mycket i en fånig kommentar. Det är inte som om jag förklarade hur hopp-löst förälskad jag är i dig, jag har ju – åh!"

Vilket nytt vansinne hade kommit över henne för att göra denna trassliga situation ännu värre? Hon tog en filt från sängkanten och svepte den runt huvudet i ett utbrott av förlägenhet.

"Jag kan fortfarande se dig", sa han, med munterhet i rösten.

Brännande vånda vrålade genom henne. Nu gjorde han narr av henne, det visste hon. Genom tyget såg hon golvet täckt med deras andra kläder. Om hon rörde sig för att samla ihop resterna av sin ensemble skulle hon utan tvekan snubbla över dem och förödmjuka sig totalt. Ännu mer än hon redan hade gjort.

Det fanns inget annat att göra, hon kröp ihop och rullade in helt och hållet under sängen. Hon skulle stanna här för evigt och dö av skam över sina egna dumma erkännanden.

För nu när hon hade sagt de där orden högt, slog sanningen i dem henne. Hon hade föreställt sig själv och Ioan Davies tillsammans, någon gång i framtiden, där skådespelaren Fergal gjorde sig lustig över dem för att de var tillsammans eftersom det var han som hade iscensatt deras möte.

Efter att ha legat hopkurad en liten stund som en larv i sin kokong, knarrade sängen ovanför henne och Ioans röst sa mjukt: "Är det så hemskt att våra föräldrar, trots alla sina fel, har arrangerat vår trolovning?"

"Ja!" Matty snyftade och snörvlade olyckligt. "För jag vill ha min egen fria vilja!"

"Jag kokar mer te", sa Ioan, medveten om att det skulle lindra spänningen som växte vid hans tinningar när denna kvinna, som bara några minuter tidigare hade varit så fri och öppen med sin kropp och själ, nu låg avstängd och hopkurad under hans säng som en rädd katt.

Och Fergal hade kommit med ganska fasansfulla nyheter. Hans mor hade varit med om någon slags olycka och återhämtade sig i deras stadshus.

Varför hon överhuvudtaget var i London var en annan gåta. Hur många gånger hade hon inte sagt hur mycket hon avskydde staden?

Det kunde knappast ha varit hennes beslut att vara här, och nu var hon skadad på något sätt.

Han förstod sig på fri vilja, minsann. Det eviga problemet med att vilja tro att man bestämmer över sitt eget öde, trots att ödet har andra planer.

Om en person inte hade någon fri vilja, vad var då meningen med hela deras existens?

Han gjorde två koppar te och kröp ner på ena sidan av sängen. Han hoppades att hans röst var mjuk och full av förståelse. "Tvingade någon, dina föräldrar eller ens Fergal, dig att komma hit ikväll?"

Han väntade försiktigt, tålmodigt, och lät henne välja sina egna ord. Han var tvungen att ge henne detta, tvungen att ge henne tid att sortera sina känslor i rätt fack.

"Nej. Att komma hit var mitt beslut."

"Du bad om te, så jag har tagit med en kopp till dig", sa han och sköt den försiktigt över golvet, närmare henne. Hon drog undan filten från ansiktet och smuttade på den, från sidan, och lämnade en slaskig pöl efter sig.

Han nickade och smuttade på sin egen kopp. "Den gamla tvistefrågan om den fria viljan. Även jag tycker om att fatta mina egna beslut i livet och ogillar mina föräldrars och min familjs förväntningar. Du kan omöjligt föreställa dig hur oerhört emot tanken på äktenskap jag hade varit."

Skulle hon höra hans ord? Skulle hon förstå vad han hade menat med att placera saker i dåtid? Hon var en intelligent kvinna … och så, så passionerad. Blodet rusade neråt vid minnena av deras glödheta äventyr, som hans kuk ville återuppleva omedelbart.

Insikten grydde i hennes ansikte. "Hade varit?"

Han ställde ner sitt te och kröp in för att gosa bredvid henne. Hans hand fann en öppning i den tilltrasslade filten och han tryckte fingrarna mot hennes innerlår. Han ville ha sin mun där hans fingrar var, men de var löjligt instängda här under. De borde verkligen vara ovanpå sängen, inte under den.

"Glöm allt som har varit och var här och nu." Hans fingrar smög sig högre upp. Hennes hud var så het. "Jag frågar dig, av *min* egen fria vilja, om du, Matilda Cleghorn, av *din* egen fria vilja, vill gifta dig med mig?"

Hon flinade.

Hans hjärta for upp i halsgropen. "Är det ett ja?"

"Jag funderar på saken", skrattade hon när hans fingrar rörde sig högre upp och fann hennes heta, våta mitt.

"Vad sägs om att vi funderar på att ta oss ut härifrån, så att vi kan utöva lite mer av denna fantastiska fria vilja?"

KAPITEL 9

Att minnas sitt eget namn blev svårt då varje andetag längtade efter hans beröring, hans händer, hans läppar, hans tunga.

Allt som betydde något var att vara med honom, att driva varandra till vansinne medan de njöt av varandras kroppar och frossade i lyckan av att vara tillsammans.

Frågan om den fria viljan försvann helt ur Matildas medvetande. Att vara med den här mannen var så berusande att hon inte hade någon aning om det var dag eller natt, mars eller september.

Allt som betydde något var att pressa sin kropp tätt intill hans, längtande efter någon slags omöjlig njutning som var precis utom räckhåll.

Hennes kropp och själ öppnade sig för honom när han hyllade henne med kyssar och smekningar.

”Herregud, du gör mig galen”, stönade han när hon tog honom i handen. ”Säg till när du vill sluta.”

”Varför …”, kysste hon honom ivrigt, ”skulle jag vilja sluta?”

”Därför att”, drog han sig undan från henne för ett ögonblick. Hans adamsäpple rörde sig ansträngt. ”Sådant här leder till barn. Det är en sak att förstöra sig själv, men det är en helt annan att bli belastad med fruktansvärda konsekvenser.”

En isande kåre for längs hennes ryggrad. ”Åh, nej. Jag … jag tänkte inte på det. Det måste finnas något sätt att undvika det … Jag menar, ja, någon gång antar jag att jag kanske vill ha barn. Jag hade inte tänkt så mycket på det, men …”

Han log ett svagt, förstående leende. ”Det finns ett sätt, men det kräver en enorm koncentration och kontroll från min sida, och jag är inte säker på att jag skulle klara av det.”

Värmen återvände. Nyfiken kysste hon honom och fyllde sin röst med sarkasm: ”Det låter verkligen *hemskt.*”

”Det är det verkligen”, sa han medan hans händer utforskade de heta insidorna av hennes lår. Ett skratt undslapp honom.

Hon lyfte på knät och gav hans hand full tillgång.

Med en sträv röst sa han: ”Nyckeln här är att du får orgasm först, och sedan måste jag dra mig ur innan jag följer dig in i glömskan.”

”Och genom att göra det blir det inga konsekvenser?”

”Det är ingen garanti”, sa han. ”Men chansen är bättre än om vi fullbordar akten. Alternativet är att vi inte fullbordar akten, utan njuter av varandra på de sätt vi redan har gjort."

Hennes kropp trånade efter honom, efter sättet han lät sina fingrar glida in och ut ur henne, medveten om att det fanns en annan nivå av njutning hon ännu inte kunde få. Till slut landade hon i ett kallt faktum:

"Spelar det någon roll, i vilket fall som helst? Vi skulle ju gifta oss, och … i kväll frågade du mig själv. Vi tar vårt öde i egna händer, och …" en tanke slog henne, och när den väl hade gjort det, verkade den vara den bästa lösningen. "Varför låtsas vi inte att i kväll är vår bröllopsnatt, och sedan skaffar vi ett särskilt vigselbevis och gifter oss en dag vi själva väljer? Något litet, bara för oss?"

Leendet han skänkte henne var renaste morgonsolsken. "Herregud, du är ett geni."

"Jag är glad att det är avgjort", sa hon och lät händerna glida nerför hans rygg tills de nådde de muskulösa skinkorna.

Hans kyss var fylld av passion och brådska när han placerade sig ovanför henne och styrde sig mot hennes ingång. Han strök toppen av sin penis fram och tillbaka genom hennes väta och tryckte sedan in den en aning.

Hennes kropp töjdes och hon drog efter andan, fast besluten att bevara ögonblicket i sitt välsignade minne medan han försiktigt tryckte och drog sig tillbaka.

"Ja, tack", sa hon, och blev en aning otålig.

Med ett dovt grymtande tryckte han sig in i henne.

En flämtning undslapp någon, det måste ha varit henne.

Hans ansikte fylldes av oro. "Är allt bra med dig?"

"Alldeles utmärkt", sa hon.

Han drog sig tillbaka lite och justerade sig, gled sedan in och, *åååh*, pressade mot något osynligt och underbart inuti henne.

"Gör det igen."

"Det har jag för avsikt att göra."

Och det gjorde han. De fann en egen rytm och drev varandra framåt. Hennes händer grep om hans skinkor varje gång han stötte in. Jamande njutningsläten fyllde hennes öron medan han smekte och kysste hennes bröst. De gungande rörelserna fick henne att flämta och vilja ha mer. Han drog hennes knän högre upp så att hennes fötter kunde korsas över hans rygg.

Lägesförändringen fick Mattys hjärta att rusa och hennes blod att pulsera. En underbar känsla av bultande och dunkande som förebådade magi. Med armar och ben virade runt honom höll hon fast hans kropp. Hal av svett skrek hon ut av salighet.

Kraftfulla vågor av njutning slet genom henne. Ioans takt ökade tills även han vrålade i fullbordan.

Efterskalv och rysningar spred sig genom henne medan han red ut sin orgasm och sedan föll ner från sin höjdpunkt.

Med kropparna hopträngda fann de en sista rest av energi för ännu en själsbrännande kyss.

"Du är spektakulär."

Matty fnissade och log. "Du var ganska magnifik."

Medan hennes kropp darrade av efterglöden lade hon

huvudet mot hans bröst och strök försiktigt de hårstrån som spretade över hans bröstkorg.

"Herregud, du är underbar", sa han med en loj utandning. "Jag har festat i de finaste bankettsalarna i Britannien och inte varit så här mättad."

"Du har skämt bort mig", orden kom innan hon tänkt efter. När hon hörde dem insåg hon att de var sanna. "Jag borde inte vilja ha mer av dig, men något säger mig att jag aldrig kommer att få nog. Är det här vad älskog gör?"

"När man är med rätt person", erkände han.

Hans kropp stelnade och han drog efter andan.

"Kära nån", sa Matty, "är vi råkar vara för ärliga mot varandra?" Sarkasmen kom till hennes räddning. "Det skulle vara en *fruktansvärd* sak."

"Vi har varit nakna i varandras armar. Delat det mest intima två människor kan dela, och ändå tror jag att du undanhåller något för mig."

Där fick han henne. Förbaskade karl! Hur kunde han vara så klipsk?

"Jag trodde inte att jag skulle vara så ... förvirrad över saker och ting."

Hon tog det skrynkliga lakanet, rullade bort från honom och skyddade sig från hans blick. Det näst bästa efter att täcka sig i rustning. "Jag antar att jag borde återvända", sa hon.

"Verkligen? Jag trodde vi skulle rymma i morgon. Du är ändå förlorad, varför inte stanna på frukost? Eller åtminstone ett nattligt mellanmål."

Sättet han sa det sista ordet på fick henne att undra

om hon stod på menyn. Han skulle mycket väl kunna sluka henne.

Hon skulle låta honom.

Han klev ur sängen och gick mot henne, helt naken, utan att bry sig om att hon tog in synen av honom.

Han lade en mjuk, varm hand på hennes bara axel. "Ångrar du vad som hände i kväll?"

"Det är det som är problemet. Jag ångrar ingenting alls."

Tillfredsställelse spred sig över hans ansikte och ett dovt muller undslapp hans läppar. "Bra. Inte jag heller. Om något skulle jag älska att fortsätta utforska din absolut utsökta kropp."

Om han fortsatte att prata om henne på det sättet skulle hennes knän ge vika. Hon kastade nästan av sig lakanet och krävde att de skulle gå tillbaka till sängs, men hon var tvungen att klamra sig fast vid de sista spillrorna av förnuft hon hade kvar. Hur glastunna de än var. "Jag måste verkligen hem. Det har varit ett nöje, och en utbildning, men om pigorna inte hittar mig i sängen när de väcker mig klockan sex kommer min familj troligen att kalla på en domare och jaga mig som en räv."

"Talade du sanning när du föreslog att vi skulle rymma, eller sa du bara vad jag ville höra för att jag skulle fullborda akten?"

"Jag ...", orden svek henne. "Jag vet verkligen inte. Hata mig inte, snälla. Om något, hata Fergal för att han såg till att våra vägar skulle korsas."

KAPITEL 10

I oan ville slita sitt hår. Matilda Cleghorn var så fullständigt irriterande och oförutsägbar. För ett ögonblick sedan hade de älskat med varandra tills de nådde himlen, och nu var hon på väg att gå.

Den här kvinnan gjorde honom fullständigt vild, fick hans blod att koka och pulsen att skena. Om kvällen hade visat honom något så var det att de verkligen hörde ihop. Hon var så öppen för äventyr och upptäckter, så givmild och fri med sig själv, att det hade förvandlat honom från en självisk älskare till en som bara längtade efter hennes njutning. Att se henne falla samman av njutning i hans armar, som ett resultat av hans beröring, var en gåva han ville ge henne varje natt.

"Hata mig inte, Ioan. Ge mig en chans att klarna tankarna. Jag är så djupt försjunken i min kärlek till dig att jag inte kan tänka klart. Jag ger mig inte av för att jag ljög om att jag älskar dig eller vill ha dig eller ens om att jag gick med på att gifta mig med dig. Jag behöver lära känna mig själv. Det låter säkert helt obegripligt. Det är som … som en enorm målning, och just nu befinner jag mig i en liten del av den, förlorad i detaljerna. Jag behöver ta ett steg tillbaka och se helheten."

Det var då det slog honom. Han hade inte alls varit generös. Han var självisk och ville ha henne helt för sig själv. Ville ha henne bara för sig.

"Herregud, jag tror att jag förstår vad du menar. Du har aldrig fått frågan vad *du* vill, eller hur?"

Hon blinkade, som om hon var glad att han höll på att förstå. "Aldrig. Inte en enda gång. Hela mitt liv har varit planerat nästan från den stund jag föddes. Det är …" hon betraktade golvet ett ögonblick, sedan lyste hennes ansikte upp och hon såg på honom. "Det är som när Fergal använder ett manus för att lära sig sina repliker – han kanske säger dem med olika grader av känsla som han själv väljer vid varje föreställning, men han måste fortfarande följa manuset."

Insikten träffade honom som ett blixtnedslag. "Herregud!"

En stor del av sitt liv hade han rasat mot de begränsningar i det samhälle han hade rört sig i. Men trots att han hade försökt vara sin fars motsats i karaktär och beteende hade han förstås ändå alltid haft gott om valmöjligheter. Att resa – på egen hand om han så önskade – och att söka vilket sällskap han ville.

"Hur kan jag hjälpa till?" Han menade det. Han ville veta vad han kunde göra.

Med låg röst sa hon: "Låt mig åka hem. Låt mig ta ett steg tillbaka och se den större bilden."

Det var det sista han ville höra, för han ville inte släppa henne ur sikte. Inte efter allt som hade hänt i kväll, och allt han fortfarande hoppades skulle hända dem.

Trots det måste han ge henne den frihet hon bad om. Hon var en vacker fågel i en förgylld bur, och han var tvungen att ge henne vilka friheter hon än bad om, även om det innebar … Herregud, tänk om han aldrig fick se henne igen?

Var även det något som måste vara hennes beslut? En ynklig liten röst i hans huvud bekräftade: "Ja, till och med det."

"Receptionen kan ringa efter en droska åt dig. De är diskreta också. Dem kan man lita på att de parkerar lite längre ner på gatan och följer en dam till en sidoingång, till exempel."

Han pladdrade på som en kärlekskrank pojke.

Han ville linda in henne och ta hand om henne, han ville behålla henne för sig själv för evigt, han ville skydda henne från resten av världen.

Han var tvungen att låta henne gå.

"Ta hand om dig, och om du någonsin behöver något … du vet var jag finns."

"Tack", sa hon.

Dörren stängdes och hon var borta ur hans liv.

KAPITEL 11

Doften från nattens eskapader låg tung i luften när Ioan klädde på sig den morgonen. De komplicerade nyheterna som Fergal hade kommit med kvällen innan slog emot honom igen med alla sina förvecklingar. Han hade inte berättat för Matilda – som han älskade att säga hennes namn, till och med tyst för sig själv – för det var för mycket som hände. Fergals intrång, deras ömsesidiga lust, hennes bekännelser och sedan vädjan om att få bli lämnad i fred.

Hur skulle han ha kunnat hitta ett sätt att förklara den senaste utvecklingen?

Han fnissade åt ironin. Matilda hade mer fri vilja än han, särskilt efter de här nyheterna.

Det knackade på dörren. Ioan lät skjortan hänga utanför byxorna. Personalen här var van vid mycket mindre.

Han öppnade och såg Fergals bekymrade ansikte.

"Vad är det senaste?" frågade Ioan.

Fergal nickade bekräftande och räckte honom ett brev. Sigillet var redan brutet.

Ioan suckade. "Du kan lika gärna komma in."

Fergal steg in och fortsatte gå tills han kom fram till ett fönster, som han slet upp. "Det stinker som en bordell här inne."

Ioan hittade närmaste stol och läste sidan.

Det slog undan luften ur hans lungor och fyllde hans huvud med ylande, skrikande ljud.

Hans mor var död.

Hans far sökte redan en ny brud.

Sorgen slet upp hans bröst.

Hur var detta möjligt?

Spelade hans far honom ett fult spratt för att få honom att komma hem?

Så många frågor.

Varför hade hans mor kommit till London, dessutom på sommaren, när staden var fylld av larm och hetta och stank?

Av alla bisarra saker som hänt i hans liv var detta, utan tvekan, den absoluta höjden av galenskap.

Han var tvungen att berätta för Matilda, så snart som möjligt. Men han behövde förstå det själv först.

"Hur är detta ens möjligt?"

Fergal kom fram och lade en hand på Ioans axel. "Det är helt ofattbart. Varför var er mor ens i stan? Jag trodde hon avskydde London, särskilt på sommaren."

"Det är det jag inte kan förstå. Och fars brådska med

att gifta om sig är djävulskt misstänkt. Jag vet att de inte kom överens, men det här är opassande."

"Karln måste närma sig femtio", sa Fergal. "Skorvig av syfilissår senast jag såg honom."

Smockan träffade honom som ett slag i bröstet. "Ta det lugnt. Han har sina fel och brister, men du talar om min far."

"Jag är helt ställd. Senast jag såg honom var han på teatern med dåligt sällskap. Ockerherrar och liknande. Säkert skuldsatt upp över öronen."

"Men ..." Bevare mig väl, vilken fullständig röra. Hade hans far varit på teatern? Ingenting var logiskt.

Han måste träffa sin mor och reda ut det här. Hon höll sig säkert gömd på sin fars order ... eller något.

Av leendet på hans läppar att döma njöt Fergal av dramat. "Han kommer förstås att vara fri att gifta om sig. Han är hertigen av Rye och Wonder. Han får en arvtagerska på ett ögonblick."

Fergal knäppte med fingrarna för att dramatisera situationen.

Ioans tankar fastnade på den nya titeln. "Kallar ni oss Rye and Wonder?"

"Det är så slagkraftigt!" Fergal flinade. "Double-you-arr-why, som i ett ironiskt leende. Inte Rye som i sädesslaget."

Wry and Wonder gjorde det hela ännu värre, attan för hans slughet. "Sluta ha så roligt", sa Ioan och ville kräkas över hela golvet.

"Jag måste berätta för Ma... fröken Cleghorn." Han

skulle informera Matilda om dessa invecklade händelser, så snart han hade rett ut dem.

Hans mor kunde inte vara död.

Kvinnan som älskade promenader på landet och var så engagerad i sitt samhälle. Hans far hade inte skött sina plikter särskilt väl, men hans mor var en hertiginna av naturen som såg till folkets välfärd.

Ilska och förvirring började ge vika för något sällsynt.

Hopp.

För första gången i sitt liv kunde Ioan bli fri från familjens förväntningar och skulder som tyngde honom.

Självklart var han förkrossad över nyheterna, som han tvivlade på kunde vara sanna, men om hans far nu var änkling och fri att gifta om sig, då kunde hans far "göra det rätta" och hitta en förmögen brud och lämna Ioan att leva sitt eget liv.

Men först måste han själv försäkra sig om sin mors goda hälsa. Detta måste vara ett fruktansvärt skämt från hans galna far.

KAPITEL 12

E n rastlöshet hade gripit tag i Matilda. Hon hade tagit sig hem i tysthet föregående kväll.

Alltför tyst, uppenbarligen.

Hon var påklädd för frukost och ändå hade ingen i hushållet, inte ens de mest skvallriga hembiträdena, sagt ett enda ord. Ingen hade gett henne, eller varandra, några hemlighetsfulla leenden.

Ingenting!

Det var som om allt var fullständigt normalt och inget anmärkningsvärt alls hade ägt rum.

Huden hettade vid varje sensuellt minne av hennes natt med Ioan Davies, då de gjort de mest fantastiskt otroliga sakerna med varandra … och inte en enda person i hennes hushåll misstänkte någonting!

Skulle det inte finnas något tecken eller någon indikation på att en kvinna var "förstörd"?

Ärligt talat, hur trögtänkta var hennes föräldrar och

tjänstefolk som inte såg rodnaden på hennes kinder där hon satt och smuttade på sitt te och knaprade på sin rostade brödskiva.

Strålade hon inte av en kvinnlig lyster eller … vad det nu var som befläckade en kvinna som hade gjort vad hon hade gjort? För hennes kropp reagerade varje gång minnena förde henne tillbaka till föregående natt.

Det var som om de medvetet ignorerade henne av någon anledning.

Om Matilda inte visste bättre skulle hon faktiskt kunna svära på att det var hennes föräldrar som dolde något.

Hon var helt enkelt tvungen att få veta hur de kunde undgå att märka att hon var fullständigt bortom all räddning.

Kanske var hennes föräldrar alltför fixerade vid att lysningen skulle ske i kyrkan idag.

De skulle högst troligt träffa familjerna Wye och Rhondda där. Nervositeten fladdrade genom Matty vid tanken på att hon skulle få se Ioan igen. Hur skulle han reagera? Om hon rodnade och sänkte blicken skulle famil-jerna troligen tro att hon var blygsam.

Kanske skulle hon stirra utmanande på honom? Skulle det hjälpa?

Kanske borde hon bestämma sig för om hon ville gå vidare med äktenskapet eller inte.

Och det snarast!

Flera dagar senare hade hon inte hört något från Ioan.

Utmärkt, för han lät henne se på saken i ett större perspektiv, precis som hon hade bett om.

Bedrövligt, för hon saknade honom. Saknade hans beröring. Hans kärlek.

Hon satt i vagnen, med sina föräldrar, på väg till kyrkan.

"Mamma, vad är det?"

Mamma vände sig om och torkade bort något från kinden. Grät hon? "Min älskling, jag är glad för din skull. Så väldigt glad."

"Var inte det", invände Matilda. Hon borde verkligen bestämma sig. Innan hon hade träffat Ioan hade hon varit starkt emot hela idén.

Nu var hon inte lika säker.

Pappa uppmärksammade henne äntligen. "Vad är det här?"

Mamma sade: "Det är bara nerverna, far." Hon tittade rakt på Matilda. "Vår dotter kommer att bli hertiginna."

Det uttalandet var kärnan i hela arrangemanget. Det handlade inte om att Matty skulle få hitta en make, det handlade om att hon bara var en spelpjäs i deras storslagna planer.

"Inte omedelbart", sade Matty. "Jag blir inte hertiginna förrän lord Davies far har avlidit."

Hjärtat stannade till en skrämmande sekund. Hade de märkt hennes felsägning?

Mamma klappade henne på knät och sade det märkligaste: "Allt kommer att bli bra."

Alla andra dagar hade familjen Cleghorn med sig hela familjen till kyrkan. Den tredje raden tillhörde nu dem. De hade lyckats väl med att säkra en bänk så nära altaret. Pappa hade gett en generös donation, naturligtvis.

Deras tjänstefolk satt några rader bakom, även det ett resultat av en donation.

Vanligtvis satt några av hennes syskon i vagnen med dem, och resten i den andra vagnen med hembiträden och en betjänt och kammartjänare bakom.

Matilda kikade ut men kunde inte se den andra vagnen idag. Hmm. Det hade inte heller stått någon andra vagn på stallgården bakom deras stadshus när de gav sig av.

Konstigt att inte alla skulle med, men kanske skulle de inte stanna hela gudstjänsten? Det kändes underligt och malplacerat. Det enda hennes far hade insisterat på var traditioner, även om det var traditioner han nyligen hade uppfunnit.

"Jag uppskattar att du inte ställer till med några problem idag", sade mamma. "Jag undrar om du kanske börjar inse fördelarna med partiet?"

Hur skulle hon svara på det utan att avslöja något? Hennes mor hade rätt. Hon hade tidigare, helt nyligen för att vara ärlig, varit rasande över att hennes föräldrar fattade ett så avgörande beslut åt henne.

Det var förstås innan hon hade träffat sin tilltänkte.

Sedan hade hon tillbringat en otrolig natt av lycksalighet med honom.

Ännu mer anmärkningsvärt var att han efter deras möte hade gjort som hon bett och låtit henne gå, så att hon kunde få lite tid att fundera över sin fria vilja.

Han hade inte prutat med henne och inte heller krävt att de skulle skaffa ett särskilt tillstånd istället för att vänta ut lysningen.

En man som lyssnade på henne. Hur fullständigt unikt.

Hon borde nog svara sin mor.

"Jag har länge sagt att jag ville träffa mannen jag skulle gifta mig med, och idag hoppas jag att så blir fallet. Jag ska avvakta med mitt omdöme och mina efterföljande önskemål tills dess", sade hon.

Pappa fäste blicken på henne. "Det här är ett utmärkt arrangemang, av oerhört värde för båda våra familjer. Du kommer att träffa honom inom kort."

Mamma lade sin hand på pappas arm. "Det är nerverna som talar. Jag har viss erfarenhet av detta, min kära."

"Vad?"

"Jag var nervös inför vårt bröllop. Det är bara naturligt att Matty känner likadant."

Pappas ögonbryn rynkades. "Du var inte alls nervös. Du var den lyckligaste bruden i kristenheten. Och ivrig!"

Matty rodnade våldsamt vid detta avslöjande. Hon studerade sina skor för att dölja sitt leende.

”Det är vad du tror”, sade mamma. ”Varje brud är nervös, det är ett faktum.”

De två tillbringade de följande fem minuterna med att diskutera sina egna bröllopsförberedelser, och personliga minnen av dem, istället för Matildas. Hon fick inte en syl i vädret.

De fortsatte att jämföra sina oförenliga anekdoter ända tills de nådde familjen Cleghorns kyrkbänk.

En gammal man med en omodern grå peruk från många säsonger sedan satt redan där.

Hans ögon hade samma färg som Ioans, tänkte Matty. Hon måste se hans ansikte överallt, så förvirrad var hon.

Det var då hon förstod vem han var. ”Ers Nåd”, sade hon och neg lätt. Sedan viskade hon till sin mor: ”Varför är den gamle lorden här och inte hans son?”

Mamma klappade Mattys hand och höll rösten låg och lugnande. ”Han är här för att ni är förlovade, min kära. Du kommer att vara hertiginna innan månaden är slut.”

Detta måste vara ett fruktansvärt misstag. Hur kunde detta vara möjligt? Hon skulle ju gifta sig med sonen, inte fadern!

”Det här är inte i sin ordning”, frustade Matty och kände den fulla tyngden av allas blickar i kyrkan på sig. ”Han är redan gift.”

Mannen reste sig och tog hennes hand och kysste handryggen. ”Förtjust att få stifta er bekantskap.”

Blodet rann från Mattys huvud och tycktes samlas vid hennes fötter.

Mannen stack handen i sin rockficka och tog fram

några papper. "Ni kommer att finna att allt är i sin ordning. Jag är nybliven änkling."

Matilda grep tag i kanten på kyrkbänken för att hålla sig upprätt.

Änkling? Men ... när hade det hänt? En tanke for genom hennes hjärna: "Jag tänker inte svimma i kyrkan, jag tänker inte svimma i kyrkan, jag tänker inte ..."

Synfältet svartnade och hon svimmade.

KAPITEL 13

L uktsalt fick henne att kvickna till så snabbt! Kunde en dam för Guds skull inte få svimma i fred i åtminstone ett par minuter?

Hennes mor knackade Matty på armen och fortsatte väcka henne. Ingen vila tilläts.

Javisst ja, de var i kyrkan.

Fadern och hertigen lyste för dem, och kyrkoherden fortsatte gudstjänsten som om allt var i sin ordning.

Hur kunde kyrkoherden låta denna fars fortgå? Far måste ha gett en otroligt generös donation till församlingen.

Matty kunde inte lugna sig. Hon viskade till sin mor: "Hertigen kan väl inte ha varit änkling särskilt länge. Vad hände med hans hustru? Och hur kan vi vara säkra på att samma sak inte kommer att hända mig?"

"Det var en vagnolycka", sa modern, som om det löste allt.

Det gjorde det inte! Is spred sig i Mattys ådror vid tanken på hur stor fara hon kunde befinna sig i. "Jag tyckte det var illa nog att jag skulle gifta mig med sonen … som jag aldrig har träffat", tillade hon snabbt. "Var det fadern hela tiden? Hur länge har han egentligen varit änkling?"

Modern klappade henne ömt på armen. "Jag kan förstå förvirringen, de har ju samma förnamn båda två."

Plötsligt fick Matty en kväljning. Tack och lov hejdade hon sig innan någonting kom upp!

Att svimma i kyrkan var skamligt nog. Att kräkas upp sin frukost skulle göra hela familjen dödsförlägen.

En liten röst i hennes huvud föreslog att det skulle vara helt perfekt att skämma ut sig i kyrkan, och kanske förhindra detta skenäktenskap.

Modern fortsatte: "Tänk på fördelarna, min älskling. Om några veckor kommer du att vara hertiginna. Med hans förbindelser och din fars pengar kommer dina barn inte att nekas någonting."

Matty knöt händerna till nävar och pressade naglarna hårt in i handflatorna. Hon skulle ta sig igenom gudstjänsten och väl hemma skulle hon smida en flyktplan.

Hon hade kommit hem från en utekväll utan att någon märkt det. Nog skulle det väl vara lika lätt att göra tvärtom?

Ack.

Ack, herregud!

När de återvände hem fann de att både tjänstefolket och familjen hade genomgått stora förändringar.

Hennes yngre syster kastade sig i en våldsam kram om Matty och sa: "Jag älskar mitt nya rum! Tack så jättemycket!"

Det var inte särskilt logiskt. Men å andra sidan var det inte mycket som var det idag.

Men tjänstefolket ... nu förstod hon varför de inte hade varit i kyrkan, eftersom de hade bytt kläder och utökats med flera nya personer.

Modern presenterade Matty för det nya tjänstefolket som nu stod i hallen. Den första var en lång dam med ett vänligt ansikte.

"Det här är mrs Brown, hon kommer att bli er husföreståndarinna när ni flyttar till Wye and Rhondda. Det här är er kammarjungfru, Coralie. Ni ska även ta med henne."

Modern uttalade Coralie med fransk brytning. Matty visste att en fransk kammarjungfru var högsta mode, och hon uppskattade den ansträngning hennes föräldrar hade gjort.

Så fortsatte de, och modern räknade upp namnen på de kvinnor hon skulle ta med sig efter att hon gift sig med hertigen. Var och en neg när deras namn lästes upp.

När allt var klart erbjöd sig Coralie att visa "ers nåd" till hennes rum.

"Det går bra, jag hittar", sa hon.

Och en sak till. Det var väl ändå för tidigt att kalla

henne "ers nåd" när hon inte skulle ha rätt till den titeln på flera veckor.

Eller ännu hellre, aldrig.

Modern tillade: "Du har ett nytt rum nu, Matilda. Brown och Coralie hittar dit."

Brown nickade och vände sig mot trappan. Matty följde efter. I stället för att svänga vid trappavsatsen ledde Brown henne och Coralie ner genom korridoren till barnkammaren.

Inte särskilt förvånande, med tanke på att hennes föräldrar behandlade henne som ett barn.

När Brown öppnade dörren flämtade Matty till.

Det var inte längre barnkammaren. Det var en svit, där flera skärmar delade upp det stora rummet med flera sängar i separata avdelningar. En sovdel, ett ställe där hon kunde klä sig och ett annat där hon kunde läsa eller skriva brev.

Det var fantastiskt välgjort, och så snabbt dessutom!

"Gjorde de allt det här idag, Brown?" frågade hon.

"Det mesta, ja. En svit värdig en hertiginna", sa kvinnan och instruerade sedan den yngre pigan: "Visa ers nåd hennes nya kläder, och klä och frisera henne passande för eftermiddagen."

Coralie neg för mrs Brown och sedan för Matty.

"Åh, snälla ni, ni behöver inte kalla mig 'ers nåd' än."

"Det kommer snart nog att vara ert namn", sa mrs Brown och lämnade sedan henne och Coralie att utforska det nya rummet.

Matty gick raka vägen till fönstret, öppnade det och letade efter flyktvägar.

Förbaskat! De må vara på samma våning som hennes gamla rum, men nedervåningen sträckte sig mycket längre ner, med en djup gångväg till köksingången och köken. Allt var stenlagt på den här sidan också. Inget träd växte bekvämt rakt nedanför. Inget mjukt gräs att landa på.

Med en vacker fransk brytning frågade Coralie: "Ers nåd, skulle ni vilja syna er garderob?"

"Om ett ögonblick", svarade Matty, som var alldeles för upptagen med att "syna" flyktvägar.

Ännu ett fönster, ännu ett omintetgjort mål. Detta vette mot gatan. Om hon var försiktig skulle det kunna fungera.

Det fanns ingen ingång nedanför eller stensatta gångar till en källare, vilket var utmärkt. Däremot vette det mot husets framsida, och hon skulle lättare bli sedd om hon klättrade ut på natten.

Tänk om hon väntade till gryningen? Det kunde vara dimmigt, och det kunde ge henne det skydd hon behövde.

Men om det var dimmigt kunde hon lika gärna halka och bryta nacken.

"Är inte utsikten underbar?" frågade Coralie.

"Jo, visst", sa Matty och stängde fönstret bakom sig. Hon var tvungen att se till att tjänstefolket inte hade en aning om hennes planer. Hon kände dem inte än, och än mindre visste hon om hon kunde lita på dem.

Hon hade tre veckor på sig före bröllopet. De skulle vara här innan hon visste ordet av.

KAPITEL 14

En vecka senare var Matty alltmer desperat. Bröllopsförberedelserna tillsammans med hennes mor slukade all hennes tid. Modern ordnade med besökare i huset, trädgårdsfester och såg i allmänhet till att alla som var någon skulle veta att hennes dotter snart skulle bli hertiginna.

Varje offentligt framträdande var pampigare än det föregående och krossade varje hopp Matty hade om att kunna komma undan.

Coralie sov i Mattys rum. Anledningen som angavs var att kammarjungfrun skulle finnas till hands vid minsta vink. Men för Matilda var Coralie en ständig påminnelse om att hon inte kunde undfly sitt öde.

Till råga på allt elände hade hon inte hört av Ioan Davies den yngre. *Hennes* Ioan. Inte den gamle hertigen.

Förbaskat. Han hade uppenbarligen tagit henne på

orden och gett henne friheten att bestämma sig. Gett henne den fria vilja hon hade bett om.

Om han bara hade skrivit skulle hon ha haft en anledning att skriva tillbaka ... även om hon var säker på att hennes mor läste all hennes korrespondens.

Den var omfångsrik nu för tiden. Varenda vän och väns vän och bekant hon någonsin hade haft hade skickat henne en gratulationshälsning och lyckönskningar inför framtiden.

De gjorde henne bara alltmer eländig. Och tog upp hennes tid med att skriva svar.

Imorgon var det söndag. De skulle gå i kyrkan och lysa för äktenskapet för andra gången, och Matty skulle vara en dag närmare sin undergång.

Fru Brown kom till dörren till Mattys rum. "Coralie? Ni ska göra hennes nåd redo för teatern ikväll. Hans nåd kommer att närvara."

Åh nej! tänkte Matty.

"Mais oui!" sa Coralie.

Matty kröp ihop där hon satt i vagnen. Hon kunde bara se var de hade varit, inte vart de var på väg. Den äran tillföll hennes blivande make, som upptog mitten av sätet med knäna vinklade utåt. När de skramlade över kullerstenarna trycktes hans knä mot hennes, och han smackade högljutt med läpparna.

Om hon kräktes skulle han kanske be dem stanna vagnen och vända om.

Det vände sig i magen på henne vid tanken på att vara ensam med honom.

Hennes mor var förkläde, men hon gjorde ett så uselt jobb och tittade rakt ut genom fönstret och ignorerade hertigen.

"La! Nu är vi framme", sa hennes mor när vagnen stannade.

Lakejerna öppnade dörren och fällde ner trappstegen och hjälpte först ers nåd att stiga ur, sedan Matty och därefter hennes mor.

Kunde det vara möjligt?

De stod utanför just den teater där Fergal Sheridan ofta spelade. Lättnaden sipprade in i hennes axlar och hoppet vecklade ut sig.

"Vad är det för föreställning, mor?" frågade hon.

"Vi ska få en särskild förhandsvisning av en ny produktion. De söker en donator, och vem är bättre lämpad att uppmuntra till beskydd än en hertig?"

Hertigen mumlade något om slöseri med pengar. Men det var ju egentligen inte hans. Det var Cleghorn-pengar. Matty kunde se lockelsen. Hon bestämde sig omedelbart för att hon skulle roa sig kungligt under föreställningen.

Väl inne mötte Fergal Sheridan dem personligen och bugade och neg och tilltalade hertigen med "ers nåd" i parti och minut. Matty visste inte var hon skulle fästa blicken, då hettan steg uppför hennes hals vid minnet av vilket tillstånd hon hade varit i förra gången hon och Fergal sågs.

"Vi kommer att ge en kort föreställning som lyfter fram det allra bästa ur det program vi önskar erbjuda. Vi prövar något nytt och otroligt populärt. En trolleriakt från kontinenten som har hänfört publiker över hela norra Europa. Vi kommer att vara den enda teatern som framför en sådan föreställ-"

"Ja, ja", sa ers nåd. "Sluta prata och börja visa."

"Var goda och sitt", sa Fergal, vände sig sedan om och ropade mot den tomma scenen. "Inta era platser, allesammans."

Flera personer klädda i harlekinrutiga dräkter marscherade in på scenen till ackompanjemang av en flöjtist. Bakom dem kom en annan kraftigt byggd man ut, dragandes på en kärra med en stor kista på.

Han lämnade kärran med sin kista mitt på scenen och gick bort mot kulisserna.

Fergal intog scenen och gick fram till kärran. "Ah, min magiska kista har anlänt från Bayern! Jag undrar vad som finns inuti?"

Han öppnade locket. Till Mattys förtjusning klättrade flera personer ut ur den.

Det var omöjligt! Hur kunde så många människor få plats i ett så litet utrymme?

Till och med ers nåd skrockade åt illusionen. Det var första gången Matty hade bevittnat något humoristiskt i hans uppträdande.

Matty, hennes mor och ers nåd applåderade alla detta fantastiska trick.

Sedan, med ett knack, kollapsade kistan helt och hållet.

Omöjligt att så många människor hade varit inuti den.

De tre flämtade till som en man. Matty vände sig mot sin mor med ett uttryck som sa: "Hur lyckades de med det där?"

"Min vackra kista!" ropade Fergal. "Jag hoppas verkligen att jag kan laga den!"

Han lyfte upp de trasiga delarna och lade ner dem på scenen.

"Jag kan inte göra detta på egen hand", sa Fergal och vände sig till sin publik på tre. "Jag måste ha lite hjälp. Jag behöver en stark, frisk frivillig från publiken!"

Han låtsades överdrivet spana ut över parketten, som om teatern var full av gäster.

"Aha!" sa han och pekade på Matty. "Unga dam, skulle ni vänligen vilja hjälpa mig?"

Matty fnissade. Det skulle i alla fall få henne bort från sin mor och ers nåd en liten stund.

Hon tog sig upp på scenen och Fergal viskade: "Följ mina instruktioner."

Hon lydde till punkt och pricka. Kanske skulle ers nåd bli så upprörd över att hon befann sig på scenen, även inför en publik på två, att han skulle bryta förlovningen?

Hon suckade åt hur omöjligt det skulle vara.

Fergal sa: "Min charmanta assistent ska hjälpa mig att bygga upp min magiska kista igen. Var nu snäll och stå precis här", instruerade han.

Det fanns en liten kryssmarkering på scenen som hon inte hade sett från salongen.

Fergal lyfte upp kistans framsida, men alla kunde se att han gjorde det på snedden. Istället för låg och bred var den nu hög och smal - och dolde henne helt från deras åsyn.

Ah, hon kunde se skårorna i brädorna där kistans delar passade. Hon behövde uppenbarligen inte hjälpa till – Fergal byggde sektionerna runt henne och stängde in henne.

"Går det bra därinne?" ropade Fergal medan han placerade nästa del på sidan.

"Ja, alldeles utmärkt, men ah, jag tror ni har glömt något", sa hon.

"Jaså, och vad är det?"

"Ni håller på att bygga in mig i kistan."

"Ja, det är så den här illusionen fungerar", ropade han till det mestadels tomma rummet. Sedan återgav han för den frånvarande publiken vad Matilda hade sagt. "Hon är orolig för att jag ska låsa in henne!"

"Psst", hörde Matty underifrån.

En fallucka hade öppnats i scenen, bakom henne.

Till hennes förvåning var det Ioan där. *Hennes* Ioan. Han höll undan en del av golvplankorna och vinkade åt Matty att klättra ner.

Han satte fingrarna för munnen för att signalera "var tyst". Det hade hon redan listat ut.

Hon slank ner genom öppningen och föll i hans väntande armar, under scenen.

Hon kysste honom och började berätta sin sorgliga historia.

"Det finns gott om tid för det när vi väl är tryggt till havs."

Han tog hennes hand i sin, och de skyndade snabbt bort från scenen, till en av bakutgångarna, där en teatermedarbetare stod och väntade med en häst åt dem.

KAPITEL 15

atilda vred sig i sadeln och överöste Ioan med kyssar.

"Lugn, lugn, jag måste styra!" ropade han.

Hon kunde inte sluta kyssa honom. Knepet för att få bort henne från Ioans far var otroligt. Det måste ha krävt så mycket planering. "Tack för att du räddade mig! Jag ska kyssa dig ordentligt när vi stannar."

Två personer på en och samma häst kom knappast fram särskilt snabbt, och de satt oanständigt hopklämda.

Det skulle inte bli mörkt på flera timmar, och det vimlade av folk på gatorna, tillsammans med många fler vagnar och hästar.

De stack ut alldeles för mycket.

Matilda frågade Ioan: "Vart är vi på väg?"

"Bort, mestadels. Låt mig ge dig ett val. Vi kan ta en diligens och vara i Skottland inom en vecka, eller bege oss till hamnen och segla till Edinburgh och vara där tidigare."

"Med andra ord, du tar mig till Skottland?"

"Ja, ett snabbt men fullt lagligt smedäktenskap. Sedan återvänder vi i lugn och ro."

Matty funderade ett ögonblick och sa sedan: "Jag föreslår ett tredje alternativ. Låt oss bege oss direkt till Soho Club."

"Men ingen kommer att kunna viga oss där."

"Inte omedelbart. Men du glömmer väl inte att du heter samma sak som din far?"

"Tja, jo."

"Det är den centrala orsaken till vår förvirring. Vi håller oss undan på Soho Club i ytterligare två veckor – vilket ändå skulle vara den snabbaste tiden vi skulle kunna ta oss till Gretna och tillbaka på. Sedan dyker vi upp i kyrkan vid den tid som redan är bestämd för mitt äktenskap med Ioan Davies, och så är allt ordnat."

"Klurig flicka", sa Ioan.

"Det stämmer", sa Matty och kysste honom igen med all den passion hon hade.

Till slut drog Matty sig undan och sa: "Jag tvivlar på att mina föräldrar någonsin kommer att förlåta mig. De kommer med största sannolikhet att stänga familjens dörr för mig, och familjens kassakista. Allt vi sannolikt kommer att ha i världen är varandra. Även när du så småningom blir hertig."

"Vi har fortfarande vår fria vilja." Ioan log och lyfte

upp hennes haka för ännu en luxuös kyss. Hennes kropp kunde ha smält på fläcken.

På Soho Club nästa dag skålade Ioan, Matilda och Fergal för sin framgång.

Det var ett mästerdrag att binda hästen som hon och Ioan hade ridit vid en påle bredvid den plats där diligensen avgick.

Matty hade skrivit ett kort meddelande till sin familj och lämnat det fastbundet vid hästens betsel, där hon lät dem veta att hon hade rymt till Gretna Green.

Hon hade förstås inte gjort något sådant. Flera dagars hårt resande lockade inte!

Fergal höjde sitt vinglas som en salut till henne. "Två försvinnanden på en och samma kväll. Ni är en naturbegåvning!"

"Tackar ödmjukast!" Matilda log och erkände sedan: "Jag gillade faktiskt att stå på scen. Synd att vi hade en så liten publik."

"Ni skulle bli en utmärkt trollkarlsassistent, förstår ni", sa Fergal.

"Åh!" sa Matilda. "Vad roligt!"

Ioan klev in: "Vänta lite nu, menar du att min blivande fru ska ge sig ut på scenen?"

"Ja, det gör jag. Jag behöver en ny assistent, eftersom min fru väntar barn och inte borde störta ner under scenen varje kväll."

Matilda och Ioan gratulerade Fergal hjärtligt och hoppades att Mary vilade bekvämt.

"Inte för att sänka stämningen", sa Matty och vände sig till sin blivande make. "Älskling, jag har ännu inte framfört mitt deltagande till dig för förlusten av din mor. Jag är väldigt ledsen över att höra om hennes bortgång."

Han suckade och nickade. "Tack. Det är den främsta anledningen till att jag var tvungen att få bort dig från honom, för din egen säkerhets skull åtminstone. Mors död är misstänkt, det tvivlar jag inte på. Jag har en utredare som undersöker saken."

En rysning for längs Mattys ryggrad vid tanken på hur nära hon hade kommit ett ganska fruktansvärt öde. Dels att tvingas gifta sig med Ioans far, och dels hur stor risk det skulle kunna innebära för hennes fortsatta hälsa.

Ioan fyllde på deras glas och fäste blicken på Matty. "Låt oss planera en ljus framtid, men först måste jag fråga dig något fruktansvärt viktigt."

"Jaså?"

Han tog hennes händer i sina och hon kände hur han darrade.

"Matilda Cleghorn, vill du göra mig den största äran att bli min hustru?"

Matilda blinkade. Ett leende spred sig över hennes ansikte.

"Du milde. Det här kom så plötsligt." Ett fniss brast ut. "Jag kanske måste fundera på saken."

Fergal skrattade i handen.

Ioan bleknade. "Ta all den tid du-"
"Ja!"
"-behöver."
De kysstes passionerat och ignorerade sin publik.

EPILOG

Två månader senare

"Kom den här vägen, min kära", sa Fergal Sheridan, tog Mattys hand och ledde henne till mitten av scenen. På scengolvet fanns ett litet X ritat med krita, där hon skulle stå.

Publikens uppmärksamhet var helt och hållet riktad mot henne. Idag bar hon en blå hätta med gula band fästa runt den. Det hjälpte henne att sticka ut i mängden, och det var till stor hjälp för att hålla publikens blickar vid hennes huvud.

Hon darrade till och med lite, en låtsad nervositet.

Knepet var att låta Fergal stå för allt prat och all vilseledning, medan hon spelade rollen som en kvinna som valts ut helt slumpmässigt ur publiken.

"Är ni säker på att det här är säkert?" frågade hon.

Fergal höjde rösten överdrivet så att de på sista raden skulle höra. "Hon vill veta om det här är säkert!"

Publiken vrålade av skratt.

"Får jag ändra mig?"

Återigen spelade Fergal för publiken. "Hon vill ändra sig!"

Avledningsmanövern fungerade perfekt, eftersom alla tittade på henne istället för att ägna Fergal någon uppmärksamhet och se vad han egentligen hade för sig.

Kuppen fortsatte när han bad henne hålla i olika delar av kistan, si och så, medan han fortsatte att bygga ihop delarna runt henne.

De hade lagt till några extra detaljer i numret sedan de först utförde det framför hennes mor och den gamle lorden. Fergal drog nu undan en lucka så att publiken kunde se hennes ansikte och bekräfta att hon fortfarande befann sig bakom den stora mittdelen.

Den lilla falluckan öppnades nedåt, bakom där hon stod.

Fergal slog igen luckan.

Med en serie högljudda smällar föll hela kistan i bitar över scenen.

Luften fylldes av flämtningar när folk insåg att kvinnan hade försvunnit.

Matty landade i Ioans väntande armar. Starka, varma, pålitliga armar.

Ovanför dem bugade sig Fergal.

Teatern fylldes av applåder.

Under scengolvet kysste Matty Ioan, lättad över att de hade lyckats med tricket ännu en gång. "Jag älskar dig, min älskling!"

"Och jag dig." Han kysste henne igen och höll henne tryggt och säkert i sin famn.

OM FÖRFATTAREN

Ebony Oaten älskar ordlekar och är mycket glad över att hennes titlar, som är fyllda med ordlekar, kan översättas relativt bra.

Du kan hitta henne på Facebook, där hon slösar alldeles för mycket tid. Om du hittar henne där, be henne att återgå till att skriva fler av sina fräcka, fåniga och sexiga noveller.

Tack!

f facebook.com/EbonyOaten